S. A. S.

PROTECTION POUR TEDDY BEAR

DU MÊME AUTEUR
CHEZ LE MÊME ÉDITEUR

Nº 1 S.A.S. A ISTANBUL
Nº 2 S.A.S. CONTRE C.I.A.
Nº 3 S.A.S. OPÉRATION APOCALYPSE
Nº 4 SAMBA POUR S.A.S.
Nº 5 S.A.S. RENDEZ-VOUS A SAN FRANCISCO
Nº 6 S.A.S. DOSSIER KENNEDY
Nº 7 S.A.S. BROIE DU NOIR
Nº 8 S.A.S. AUX CARAÏBES
Nº 9 S.A.S. A L'OUEST DE JÉRUSALEM
Nº 10 S.A.S. L'OR DE LA RIVIÈRE KWAÏ
Nº 11 S.A.S. MAGIE NOIRE A NEW YORK
Nº 12 S.A.S. LES TROIS VEUVES DE HONG KONG
Nº 13 S.A.S. L'ABOMINABLE SIRÈNE
Nº 14 S.A.S. LES PENDUS DE BAGDAD
Nº 15 S.A.S. LA PANTHÈRE D'HOLLYWOOD
Nº 16 S.A.S. ESCALE A PAGO-PAGO
Nº 17 S.A.S. AMOK A BALI
Nº 18 S.A.S. QUE VIVA GUEVARA
Nº 19 S.A.S. CYCLONE A L'ONU
Nº 20 S.A.S. MISSION A SAÏGON
Nº 21 S.A.S. LE BAL DE LA COMTESSE ADLER
Nº 22 S.A.S. LES PARIAS DE CEYLAN
Nº 23 S.A.S. MASSACRE A AMMAN
Nº 24 S.A.S. REQUIEM POUR TONTONS MACOUTES
Nº 25 S.A.S. L'HOMME DE KABUL
Nº 26 S.A.S. MORT A BEYROUTH
Nº 27 S.A.S. SAFARI A LA PAZ
Nº 28 S.A.S. L'HÉROÏNE DE VIENTIANE
Nº 29 S.A.S. BERLIN CHECK POINT CHARLIE
Nº 30 S.A.S. MOURIR POUR ZANZIBAR

N° 31 S.A.S. L'ANGE DE MONTEVIDEO
N° 32 S.A.S. MURDER INC. LAS VEGAS
N° 33 S.A.S. RENDEZ-VOUS A BORIS GLEB
N° 34 S.A.S. KILL HENRY KISSINGER !
N° 35 S.A.S. ROULETTE CAMBODGIENNE
N° 36 S.A.S. FURIE A BELFAST
N° 37 S.A.S. GUÊPIER EN ANGOLA
N° 38 S.A.S. LES OTAGES DE TOKYO
N° 39 S.A.S. L'ORDRE RÈGNE A SANTIAGO
N° 40 S.A.S. LES SORCIERS DU TAGE
N° 41 S.A.S. EMBARGO
N° 42 S.A.S. LE DISPARU DE SINGAPOUR
N° 43 S.A.S. COMPTE A REBOURS EN RHODÉSIE
N° 44 S.A.S. MEURTRE A ATHÈNES
N° 45 S.A.S. LE TRÉSOR DU NÉGUS
N° 46 S.A.S. PROTECTION POUR TEDDY BEAR
N° 47 S.A.S. MISSION IMPOSSIBLE EN SOMALIE
N° 48 S.A.S. MARATHON A SPANISH HARLEM
N° 49 S.A.S. NAUFRAGE AUX SEYCHELLES
N° 50 S.A.S. LE PRINTEMPS DE VARSOVIE
N° 51 S.A.S. LE GARDIEN D'ISRAËL
N° 52 S.A.S. PANIQUE AU ZAÏRE
N° 53 S.A.S. CROISADE A MANAGUA
N° 54 S.A.S. VOIR MALTE ET MOURIR
N° 55 S.A.S. SHANGHAÏ EXPRESS
N° 56 S.A.S. OPÉRATION MATADOR
N° 57 S.A.S. DUEL A BARRANQUILLA
N° 58 S.A.S. PIÈGE A BUDAPEST
N° 59 S.A.S. CARNAGE A ABU DHABI
N° 60 S.A.S. TERREUR AU SAN SALVADOR
N° 61 S.A.S. LE COMPLOT DU CAIRE
N° 62 S.A.S. VENGEANCE ROMAINE
N° 63 S.A.S. DES ARMES POUR KHARTOUM
N° 64 S.A.S. TORNADE SUR MANILLE
N° 65 S.A.S. LE FUGITIF DE HAMBOURG

Nº 66 S.A.S. OBJECTIF REAGAN
Nº 67 S.A.S. ROUGE GRENADE
Nº 68 S.A.S. COMMANDO SUR TUNIS
Nº 69 S.A.S. LE TUEUR DE MIAMI
Nº 70 S.A.S. LA FILIÈRE BULGARE
Nº 71 S.A.S. AVENTURE AU SURINAM
Nº 72 S.A.S. EMBUSCADE A LA KHYBER PASS
Nº 73 S.A.S. LE VOL 007 NE RÉPOND PLUS
Nº 74 S.A.S. LES FOUS DE BAALBEK
Nº 75 S.A.S. LES ENRAGÉS D'AMSTERDAM
Nº 76 S.A.S. PUTSCH À OUAGADOUGOU

L'IRRÉSISTIBLE ASCENSION DE MOHAMMAD REZA, SHAH D'IRAN
LA CHINE S'ÉVEILLE
LA CUISINE APHRODISIAQUE DE S.A.S.

AUX PRESSES DE LA CITÉ

PAPILLON ÉPINGLÉ
LES DOSSIERS SECRETS DE LA BRIGADE MONDAINE
LES DOSSIERS ROSES DE LA BRIGADE MONDAINE

AUX ÉDITIONS DU ROCHER

LA MORT AUX CHATS

GÉRARD DE VILLIERS

S. A. S.

PROTECTION POUR TEDDY BEAR

PLON

ISBN : 2 - 259 - 00253 - 6

CHAPITRE I

Leonid Volodia posa son regard sur Vénus, et ses yeux d'un noir profond, presque liquide, s'éclairèrent d'une joie enfantine. Il avança la main droite et la caressa doucement, faisant aller et venir ses doigts d'un mouvement souple. Ses longues phalanges couvertes de poils noirs en tremblaient d'émotion. Son visage avait pris une expression à la fois concentrée et ravie qui adoucissait son aspect plutôt inquiétant. Leonid Volodia avait un air vaguement satanique, peut-être à cause du contraste entre son crâne ovoïde presque entièrement dégarni et ses énormes sourcils noirs. Le nez busqué était puissant, la bouche épaisse, le menton massif. Il se dégageait de Leonid Volodia une impression de puissance animale qui laissait peu de femmes indifférentes. Il en avait rarement contemplé avec autant d'amour que Vénus. Ses doigts continuaient à courir doucement sur elle. Comme s'il n'arrivait pas à se rassasier de son contact.

Peu à peu, l'acier bruni se réchauffait sous ses doigts. L'émotion de Leonid Volodia était telle qu'il en avait les paumes humides de sueur. Jamais, au cours de sa vie mouvementée, il n'avait été en possession d'une telle machine à tuer. Vénus... Leonid se demanda soudain qui avait eu l'idée saugrenue d'appeler une mitraillette *Vénus*. Superbe manifestation d'humour noir inattendue chez des fabricants d'armes. Quel que soit son nom, Leonid Volodia aimait l'arme compacte et redoutable posée devant lui. Ses six canons groupés lui donnaient l'air vaguement anachronique d'une arme de collection, mais permettaient de cracher les quatre-vingts projectiles du chargeur en une seconde et deux dixièmes. Une cadence terrifiante de cinq mille coups/minute. Aucun être vivant ne pouvait résister à ce déluge de mort. Leonid l'avait essayé à la campagne sur un mouton. Le résultat avait failli le faire vomir...

On n'entendait même pas de détonation. Juste un bref grincement métallique. Leonid Volodia retira le chargeur, fit pivoter les canons, remit le chargeur, manœuvra le mécanisme d'armement, et bloqua la sûreté. Puis, avec des gestes tendres, il enveloppa l'arme dans sa peau de chamois. Gonflé de fierté. Il ne devait pas exister plus de dix *Vénus* dans le monde. Celle qu'il détenait était la seule d'Angleterre, et probablement d'Europe. On aurait vainement cherché sur l'acier bruni un numéro de série ou une marque. Ceux qui avaient fabriqué *Vénus* ne s'en vantaient pas.

Leonid Volodia se leva, glissa la mitraillette dans une vieille serviette en cuir, et enfila sa veste de tweed fripée. Debout, le sommet de son crâne touchait presque le plafond de la petite pièce sommairement meublée. Un sous-sol donnant sur un mur, comme dans la plupart des maisons londoniennes. Dès quatre heures de l'après-midi, il fallait allumer, mais Leonid s'en moquait. Il enfila un manteau noir et enfonça sur son crâne chauve un feutre noir à large bord. Il avait tendance à s'enrhumer, et l'hiver à Londres n'était pas gai. Après avoir éteint, il ouvrit la porte et se glissa dans l'espèce de douve qui séparait le sous-sol de la rue. Le petit escalier métallique émergcait directement sur le trottoir.

Leonid respira profondément l'air humide et frais de Chester Square. Depuis que la police secrète lituanienne l'avait enfermé pendant un an dans une cellule de 1 m 50 sur 1 m 50, Leonid Volodia était atteint de claustrophobie aiguë. Il préférait monter quinze étages à pied que mettre les pieds dans un ascenseur. Même le métro lui donnait des angoisses. Comme il n'allait qu'au bout de Brompton Road, il décida de s'y rendre à pied. La nuit tombait, les rares passants qui croisaient Leonid étaient loin de se douter de ce qu'il représentait... La vieille serviette de cuir au bout du bras, il ressemblait à un des nombreux émigrés qui vivotaient tant bien que mal à Londres.

En réalité, c'était un diplodocus. Un des rares survivants des premiers affrontements entre l'Est et l'Ouest, après la guerre. Géorgien enrôlé dans l'armée Vlassof, Leonid Volodia s'était retrouvé dans les commandos de la guerre froide, au début des années 50. Manipulé par les différents services de l'Ouest qui rêvaient encore de renverser le communisme par le sabotage et les maquis... Rescapé des geôles lituaniennes, Leonid s'était reconverti dans les coups de main contre les intérêts soviétiques à l'Ouest. Au sein du NTS — *National Troudovoï Soyouz.*

Cette « Union Nationale du Travail », fondée en 1930 par des émigrés russes, avait pour but avoué de renverser le communisme par la force.

La CIA avait, depuis, discrètement récupéré ses derniers membres et, contre de modestes subsides, les utilisait pour des besognes marginales. Une petite grenade dans la voiture d'un diplomate par-ci, une petite attaque d'ambassade par-là. Les officiers traitants de la CIA se servaient avec un cynisme total et une discrétion totale de ces vestiges un peu encombrants dont les convictions absolues étaient quand même bien pratiques.

*
**

Leonid Volodia sentait bien qu'on l'exploitait. Mais cela valait encore mieux que de s'encroûter hors de la lutte active...

Il accéléra. Il allait être en retard. Or, ce soir, il ne pouvait pas se permettre d'être en retard...

A son habitude, il monta le vieil escalier de bois en rasant le mur. Pour ne pas faire craquer les marches. Une seconde nature. Il frappa un coup discret à la porte.

Le battant s'ouvrit aussitôt.

— Tu es en avance! Je ne me suis pas encore changée!

— Cela ne fait rien, dit Leonid.

Elle était déjà contre lui, serrant le chandail de grosse laine grise contre le manteau noir. Une grande et belle femme, aux formes épanouies. Leonid Volodia la serra contre lui. C'était presque aussi bon que d'étreindre *Vénus*.

— Regarde, dit la jeune femme, je t'ai acheté quelque chose!

Elle lui tendit un petit paquet enveloppé de papier de soie, qu'il défit. Son visage s'éclaira en voyant le flacon de cristal avec un bouchon en argent.

— C'est un vaporisateur, précisa la jeune femme. Je crois qu'il marche. Il faut presser.

Demain je t'achèterai quelque chose pour mettre dedans...

Leonid tournait et retournait le vaporisateur entre ses gros doigts. Extasié. Son seul luxe, c'était de se parfumer comme une cocotte. Il avait toujours aimé. En cette seconde, il était profondément heureux.

— *Kotik* [1], murmura-t-il. Tu es un ange. Cela doit valoir très cher.

Pendant quelques secondes, il avait oublié *Vénus*.

⁂

Etendu nu sur la moquette, Leonid Volodia regardait craquer le feu de bois d'un air absent. En bon Géorgien, il adorait le vin, mais ce soir il s'était retenu, n'en buvant qu'un verre. Il devait conserver toute sa lucidité.

A genoux, en train de ranger les assiettes sales, sa compagne l'observait en riant.

— Tu n'as pas laissé un seul spaghetti! remarqua-t-elle. Ce que tu manges vite. On dirait toujours qu'on va te prendre ta nourriture.

Leonid tourna la tête vers elle, les yeux soudain pleins de gravité. Sa main gauche caressait doucement la longue cuisse charnue et tiède.

— Cela m'est arrivé, tu sais. Quand j'étais à Vilna, en Lituanie, dans le camp 27. J'avais été blessé et j'étais faible. Je n'arrivais jamais à avoir des morceaux de viande dans ma soupe. Avec le froid, c'était terrible de ne rien manger. Un jour, j'avais si faim que j'ai échangé ma capote contre un morceau de « gras ». Du lard que j'ai mangé cru, tout de suite. Après il a fallu que je vole une

[1] Petit chat, en russe.

autre capote. C'était dangereux. On vous tuait pour cela.

Il se tut. Il n'aimait pas parler de ces choses-là. Elle s'approcha de lui et frotta doucement sa lourde poitrine contre son torse couvert de poils très noirs.

— Ne pense plus à tout cela, murmura-t-elle.

Elle ne connaissait que des pans de la vie de Leonid mais savait que cela n'avait pas été facile. Que c'était un homme dangereux. Un jour, deux hommes de Scotland Yard étaient venus la questionner sur lui. Pleins de sous-entendus. Mais cela lui était égal. Comme Leonid, elle était seule et sans espoir. Il lui apportait un peu de chaleur et il avait besoin de la sienne. Elle s'allongea contre lui, le dos au feu, et pressa doucement son ventre contre son sexe. Mais, au lieu de la serrer, Leonid se dégagea. Surprise, elle chercha son regard. Lorsqu'il venait la voir, il se contentait rarement de lui faire une fois l'amour.

— Tu ne restes pas?

— Non.

Il était déjà debout et enfilait son slip. Il vit son expression déçue et se pencha sur elle, posant son grand nez entre ses seins. Il embrassa la peau du sternum tendrement.

— J'ai quelque chose d'important.

Le regard de la jeune femme fila vers la serviette de cuir. Pour l'avoir soulevée, elle savait qu'elle était anormalement lourde. Une brusque angoisse lui contracta l'estomac. Elle faillit poser une question, se retint à temps. Leonid Volodia n'aimait pas les questions. Il se redressa et passa son pantalon, souriant pour la rassurer. Il ne pouvait pas lui dire qu'il se préparait à aller tuer un homme.

CHAPITRE II

Le téléphone sonna. Nicolas Silverman sursauta. Il n'avait jamais pu s'habituer à la curieuse sonnerie saccadée anglaise, si différente du rassurant bourdonnement rythmé américain. Abandonnant sa cravate, il se leva et décrocha l'appareil posé sur un cube, à côté d'une statue d'un mètre de haut en laque rouge représentant un mandarin.

— Hello?

Personne ne répondit. Il répéta « hello » et, aussitôt, il y eut un claquement sec. On avait raccroché.

Nicolas Silverman garda le récepteur quelques secondes dans sa main puis le reposa brutalement.

— *Shit!* [1]

Brusquement les murs recouverts de daim marron, les canapés profonds, la masse scintillante de la stéréo, la moquette à dessins, assortie aux murs, lui paraissaient glaciaux, hostiles.

Il resta immobile, contemplant son reflet dans la glace fumée qui recouvrait tout le panneau en face du profond canapé — destinée à agrandir la pièce, avait hypocritement précisé le décorateur. Pour se regarder baiser, oui, avait pensé Nicolas.

[1] Merde.

La glace lui renvoyait l'image de ses derniers cheveux blonds, de son visage jadis énergique, maintenant empâté, de ses valises sous les yeux. Sans la protection des lunettes, les yeux très bleus avaient une expression désemparée. Ses amies avaient surnommé Nicolas « Teddy Bear »[1]. Parce qu'il était foncièrement bon. Trop, même. Il attirait les putes comme le miel attire les mouches.

— Qui était-ce?

— Je ne sais pas, bougonna Nicolas Silverman. Personne n'a parlé. Tu attendais un coup de fil?

Pamela Rice secoua négativement la tête avec un sourire de défi.

— Tu sais bien, mon chéri, que je ne mélange jamais mes amants...

Une glace dans une main et un pinceau à rimmel dans l'autre, une crinière blonde cascadant sur ses épaules, déhanchée sur une jambe, le bassin en avant en une pose inconsciemment provocante, la jeune femme retouchait son maquillage. Une brusque poussée d'adrénaline effaça la contrariété de Nicolas Silverman. Pamela Rice n'était pas à proprement parler belle, avec son front de bélier, ses yeux jaunes presque toujours durs, son visage trop rond, mais il se dégageait d'elle un magnétisme incroyable. Elle fixait Nicolas, les sourcils un peu froncés. A partir de deux mètres, le monde était flou. A côté d'elle, une taupe avait un regard d'aigle. Mais Pamela détestait porter des lunettes.

Furieux de sa remarque, Nicolas l'interpella :

— Pamela, tu es folle, tu ne vas pas mettre ce chemisier! Nous dînons avec Souslov.

Pamela Rice balaya sa boîte à rimmel d'un

[1] Gros nounours.

grand coup de langue et s'attaqua à son œil droit.

— Ils me font chier, tes Russes, dit-elle d'un ton aussi placide que mondain. D'abord, qu'est-ce qu'il a, mon chemisier?

Elle vint se mettre à côté de lui devant la glace. Elle se déplaçait avec une grâce sensuelle pleine d'énergie. Un régal pour le regard.

Nicolas jeta un regard choqué au chemisier. Un mélange de mousseline noire et de broderies dorées. Le seul problème étant que la broderie était loin de dissimuler la modeste poitrine de Pamela. On distinguait nettement une délicate pointe rose à travers la mousseline noire. La longue jupe de panne de velours noir était heureusement plus convenable. Pamela tournoya sur elle-même, découvrant un peu de ses bas noirs et de ses chaussures à bride.

— Putain! fit-elle en riant, je suis très bien comme ça. Ton Souslov ira se faire cuire un œuf.

Probablement par réaction contre son éducation dans un château de deux cents pièces, Pamela Rice avait parfois tendance à parler comme un charretier.

Nicolas Silverman soupira silencieusement. Le directeur soviétique du comité d'état pour la Science et la Technique devrait se faire une raison. Après tout, Pamela Rice avait beaucoup plus de charme qu'une porteuse de plaques d'égout de la Place Rouge. Vladimir Souslov n'avait rien à refuser à Nicolas Silverman. Et surtout, ce dernier préférait n'importe quoi à une dispute avec Pamela. D'humeur égale, toujours mauvaise, la jeune femme le terrorisait.

Nicolas était amoureux comme un gamin de seize ans. A se réveiller la nuit. Il n'avait qu'un rêve : unir son sort à celui de Pamela Rice pour le meilleur et pour le pire. En sachant pertinemment que ce serait vraisemblablement pour le pire.

Il adressa un regard énamouré à la jeune femme en train de dissimuler le chemisier coupable sous les poils soyeux d'un manteau de lynx. Lord Malcolm Rice — septième baronnet du nom — ayant eu l'élégance de mourir après avoir établi un trust en Suisse à son intention, Pamela Rice recevait chaque mois un virement de soixante mille dollars, ce qui, étant donné la déliquescence de la livre, lui permettait de vivre un peu mieux que la reine d'Angleterre et de regarder d'un œil serein son château de famille s'écrouler tous les jours un peu plus, promis de toute façon à la rapacité du fisc.

Pamela posa ses yeux de fauve sur Nicolas, avec une expression impérieuse.

— Allons-y, dit-elle. J'ai faim.

Nicolas la regarda descendre les premières marches de l'escalier gigantesque en chêne verni très sombre. La maison ne comportait que deux étages mais les plafonds avaient la hauteur d'une cathédrale. Nicolas Silverman l'avait choisie à cause du calme. Réunissant l'élégant Belgravia Square à Grosvenor Place, Halkin Street était en sens interdit dans les deux sens! On ne pouvait y accéder que par une rue étroite, sans trottoir, qui débouchait juste en face des deux étages de brique rouge de Nicolas Silverman.

Le maître d'hôtel, qui était presque aussi vieux que la maison, leur ouvrit la porte.

— On prend la tienne ou la mienne? demanda Pamela.

Un monstre bordeaux avec des phares de cyclope, une Rolls Royce Phantom VI, où on pouvait entrer presque sans se baisser, était garée devant la maison.

— La mienne, dit Nicolas Silverman en se dirigeant vers sa longue Daimler noire.

Presque aussi grosse que la Rolls de Pamela.

De cette façon, il était sûr de ramener Pamela. Avec elle, on ne savait jamais. Il s'installa dans les coussins moelleux, soudain un peu cafardeux. A quoi cela servait de gagner deux ou trois millions de dollars par an, d'être accueilli au Kremlin comme Lénine, à la Maison Blanche comme le fantôme de Lincoln, de posséder quatre maisons, deux bateaux dont une « cigarette » filant à soixante nœuds si c'était pour vivre dans l'angoisse? Entre une garce de luxe fuyante comme le mercure et des inconnus qui menaçaient de le tuer?

Il se pencha vers le micro le reliant au chauffeur.

— On va chez *Annabel's*, Charles.

Le seul restaurant-discothèque décent de Londres. Et, au premier, on pouvait toujours perdre quelques milliers de livres au *Clermont Club* pour se changer les idées.

Au moment où la Daimler tournait dans Grosvenor Place, remontant vers Hyde Park Corner, la tête d'un chien surgit à côté du chauffeur. Un énorme chien-loup, la langue pendante, observait gravement Nicolas et Pamela.

La jeune femme prit aussitôt l'air attendri.

— Oh, il est superbe! Il est à toi? Je croyais que tu préférais les chats.

— C'est Trotsky, un cadeau de Souslov, fit Nicolas.

Il posa sournoisement la main sur la cuisse de sa voisine, laissant ses doigts remonter jusqu'à la boucle dure de la jarretelle. Une bonne chose chez Pamela, c'est qu'elle ne portait jamais de collant.

— C'est un drôle de cadeau, remarqua-t-elle. Il aurait dû te donner un siamois.

Nicolas Silverman ne répondit pas. S'amusant à faire courir un doigt le long de la jarretelle, à travers le velours. Ce qui lui permettait d'oublier le « clac » du téléphone raccroché.

Il ne pouvait pas dire à Pamela qu'un chat a des tas d'avantages, mais qu'il ne mord pas aussi fort qu'un berger allemand.

*
* *

— Buvons au Caucase, rugit Vladimir Souslov, levant son verre de vodka.

— Au Caucase, répéta Nicolas Silverman, choquant son verre contre celui du Soviétique.

Celui-ci vida sa vodka d'un coup, prit la cuillère plantée dans la boîte d'un kilo de *Beluga*, en prit cent grammes d'un coup sur un toast et avala le tout. Aussitôt, il plissa le front à la recherche d'un autre toast. On ne laisse pas une bouteille de vodka sans la vider.

— Buvons à ce caviar, proposa-t-il. Il est meilleur que celui que nous avons à Moscou.

Il fit un clin d'œil à Pamela et remplit de nouveau tous les verres.

Nicolas Silverman semblait presque aussi accablé que le portrait du cocker pendu au-dessus du box où ils se trouvaient. Il connaissait l'effet redoutable de la vodka à haute dose. Si cela continuait, il ne pourrait jamais rendre hommage à Pamela... Les piliers d'acier poli d'*Annabel's* délimitaient des boxes le long des deux murs de la salle tout en longueur, réservés aux meilleurs clients. Les lampes vertes posées sur les tables permettaient tout juste de se voir d'un bout de la table à l'autre. En face d'eux, sur la petite piste en contrebas, des couples flirtaient avec une liberté qui devait faire retourner la reinc Victoria dans sa tombe. Le plafond bas en ciment contrastait curieusement avec les somptueux panneaux de laque des murs.

Vladimir Souslov laissa la seconde vodka descendre. Puis il dit, en russe :

— Les choses se présentent très bien, Nicolas Vassilievitch. J'ai reçu un télex ce matin. Le Comité Central a approuvé l'essentiel du projet. Maintenant, ils t'attendent à Moscou pour signer. Quand viens-tu?

— Je ne peux pas tout de suite.

Nicolas Silverman parlait le russe aussi bien que l'anglais grâce à sa mère qui l'avait élevé dans sa langue maternelle. Cela lui avait été bien utile au cours de ses dix ans de tractations interminables et difficiles avec les plus hauts échelons de la bureaucratie soviétique... Les Russes ne se détendaient qu'avec ceux qui parlaient leur langue.

Vladimir Souslov dissimula sa contrariété en remplissant son verre de nouveau. Toutes les tables étaient occupées autour d'eux. Les Rolls et les Daimler s'entassaient dans Berkeley Square.

Nicolas Silverman reprit l'anglais pour dire :

— Nous sommes assis à la place où venait toujours Paul Getty, l'homme le plus riche du monde.

Vladimir Souslov hocha la tête, sortit son paquet de *Rothmans* et en alluma une. Pamela Rice l'observait, pleine de curiosité. Le Soviétique avait une carrure impressionnante, des traits taillés à la serpe, des mains énormes, un nez comme une pomme de terre, bourré de points noirs gros comme des olives. Malgré elle, Pamela se demanda si tout était aussi gigantesque chez lui...

Les yeux vifs et enfoncés de Souslov croisèrent son regard, et il lui sourit.

— Vous avez une très jolie robe, dit-il.

Pamela eut du mal à garder son sérieux.

— Merci, dit-elle. Flattée.

Pamela Rice n'ignorait pas que Vladimir Souslov était tout au sommet de la *Nomenklatura*, la hiérarchie officieuse de l'aristocratie communiste; le GKNT était entièrement contrôlé par le KGB dont Souslov avait toujours fait partie. Celui-ci avait à sa disposition une Zil plus grosse qu'une Lincoln, avec l'immatriculation du tout-puissant Comité Central : MOC. Il passait ses week-ends dans sa somptueuse datcha de Nikolina Sora et, à Moscou, habitait un appartement de sept pièces dans un vieil immeuble de la Perspective Koutouzof. Luxe inouï dans une ville où on entassait quatre familles au mètre carré.

Grâce à lui, Nicolas Silverman bénéficiait d'un traitement fabuleux. A l'aéroport de Vnoukovo, au sud-ouest de Moscou, réservé aux personnalités officielles, une Zil aux rideaux gris le prenait en charge directement à la sortie de l'appareil. Pour lui, il n'y avait ni douane, ni formalité de police. C'est que les Soviétiques étaient demandeurs dans l'accord que Nicolas Silverman achevait de mûrir entre la *Brent and Woods* et le Kremlin. Pragmatiques, ils traitaient donc Nicolas Silverman, représentant du capitalisme, mieux qu'un haut dignitaire soviétique...

Discrètement, un garçon apporta une nouvelle boîte de caviar. Souslov en profita pour donner une grande claque sur la cuisse de Nicolas.

— Allons, répéta-t-il en russe, Nicolas Vassilievitch, quand viens-tu à Moscou que je te rende ton invitation?

Sous le sourire enjoué, la voix était un peu tendue. Le Soviétique voulait vraiment que Nicolas Silverman vienne conclure les négociations. Le succès ou l'échec influencerait sa propre carrière. Le Texan secoua la tête :

— Je ne peux pas bouger de Londres, j'attends mon président d'un jour à l'autre. Ensuite, je viens. Moi aussi, j'ai hâte que tout soit signé...

Vladimir Souslov éclata d'un rire joyeux.

— Ce jour-là, Nicolas Vassilievitch, je crois que je te ferai un beau cadeau...

Ce n'étaient pas des paroles en l'air. Pour remercier Nicolas Silverman de l'avoir emmené à Saville Row se faire tailler quelques costumes, Souslov avait fait déposer à son hôtel, à Moscou, une pelisse en zibeline qui donnait l'air à Nicolas d'un pédé flamboyant... On savait vivre au Comité Central du Parti Communiste d'URSS... Souslov se versa une nouvelle rasade de *Laika* qu'il fit passer avec une louche de caviar. Puis il se renversa en arrière, observant la piste de danse où une superbe brune en robe dorée faisait l'amour toute seule sur la piste, face à un vieux à lunettes, tellement imbibé de brandy qu'il tenait à peine debout. Comme pour lui-même, le Russe dit :

— J'espère que ton président va se dépêcher... Je n'aime pas que tu restes trop longtemps ici. Ce soir, il y a eu encore un appel pour toi...

L'Américain essaya de dissimuler sa contrariété.

— Ce n'est pas sûr, protesta-t-il. Personne n'a parlé. C'était peut-être une erreur...

Vladimir Souslov secoua lentement sa grosse tête.

— Ce n'était pas une erreur, Nicolas Vassilievitch.

Depuis un mois, avec l'accord de Nicolas Silverman, l'antenne londonienne du KGB avait mis son téléphone sur table d'écoute.

Nicolas Silverman haussa les épaules avec une insouciance affectée.

— Ce n'est rien...

Il n'aimait pas ces apartés en russe qui exaspéraient Pamela. La jeune femme fumait, le regard dans le vague. Elle avait relevé sa longue jupe de velours et se caressait machinalement le mollet, laissant crisser ses ongles contre le nylon de son bas.

— En tout cas, conclut Vladimir Souslov, nous nous préoccupons de toi. Tu n'as pas reconnu Oleg Mikalovitch, là-bas?

L'énorme index du directeur du comité pour la Science et la Technique se braqua sur une table au milieu de la salle occupée par quatre hommes. Nicolas reconnut immédiatement le *rezident* du KGB à Londres, le capitaine Oleg Mikalovitch Penkowsky. En face de lui se trouvait un Caucasien nommé Gregory, garde du corps de Souslov. Sosie de King-Kong... Capable d'arracher la tête d'un homme avec ses mains nues... Les deux autres étaient inconnus de lui.

Tous semblaient aussi déplacés dans cette discothèque de luxe qu'un renard dans un aquarium. De temps en temps, l'un d'eux se retournait vers la table qu'ils étaient chargés de surveiller. Le reste du temps, ils observaient le spectacle d'*Annabel's*. Inouï pour eux!

Commençant à se demander avec honte si le capitalisme n'avait pas du bon, Gregory, le sosie de King-Kong, mal à l'aise dans son complet de fibranne, essayait de ne pas trop regarder la fille qui ondulait à quatre mètres de lui, incontestablement une vipère lubrique et réactionnaire. Les seins, moulés dans du tissu doré, oscillaient, prêts à s'échapper du décolleté.

— J'ai réservé la table à ton nom, expliqua Souslov. Je sais qu'ici tu ne risques rien, mais il faut bien leur donner un peu de distraction. Ils sont toute la journée dans leur voiture à te surveiller.

Nicolas sourit.

— Merci, Vladimir.

Il appela le garçon.

— Faites porter un magnum de Dom Pérignon à la table là-bas. De ma part.

Vladimir Souslov rit.

— Tu sais, ils préfèrent le cognac.

— Alors une bouteille de Gaston de Lagrange, corrigea Nicolas Silverman.

Pamela Rice avait fini de se gratter le mollet. La musique saccadée fit place tout à coup aux beuglements langoureux de *Feeling*. Pamela écrasa sa cigarette dans un cendrier et se leva.

— Viens, j'ai envie de danser ça.

Subitement ragaillardi, Nicolas Silverman obéit et posa ses lunettes sur la table. Ils eurent du mal à s'insinuer sur la piste tant elle était encombrée. La disc-jockey en robe longue regardait d'un air satisfait son troupeau se frotter avec acharnement. Profitant de l'ambiance, Nicolas attira Pamela contre lui. Elle se laissa faire, tout en conduisant. Elle était incapable de laisser un homme la conduire. Ils dansèrent un moment en silence, puis la jeune femme demanda tout à coup.

— Qu'est-ce que c'est que ces quatre types qui ne nous quittent pas des yeux?

L'énorme Gregory semblait prêt à se frapper la poitrine et à bondir sur la piste.

— Ils me surveillent, avoua Nicolas sans réfléchir.

Pamela Rice s'écarta de lui.

— Ce sont des gens à toi, des Américains?

— Non, des Russes.

— Des Russes, répéta Pamela. Pourquoi te surveillent-ils?

Nicolas cherchait une réponse apaisante lorsque la disquaire, frustrée de voir quarante personnes faire l'amour sous ses yeux, mit un disque rapide. Aussitôt Pamela s'écarta de lui et se mit à onduler furieusement. Nicolas essaya de suivre, mais il n'était pas doué pour la danse. Il se balançait sur place, d'une jambe sur l'autre, comme un pingouin triste et maladroit, faisant claquer ses doigts au rythme de la musique. Lasse de s'agiter toute seule, Pamela revint vers Nicolas.

— Alors?

Ses yeux jaunes de fauve le fixaient avec curiosité.

— Ils ont peur qu'il y ait un attentat.

— Contre toi?

Pamela était politiquement inculte, mais pas idiote. Des Russes protégeant un Américain à Londres, ce n'était quand même pas normal. Nicolas hésita, puis sentit qu'il devait en dire un peu plus.

— Des gens m'ont téléphoné en me menaçant ces derniers temps, expliqua-t-il d'un ton volontairement léger. Tu sais, les Russes ont tellement l'habitude de vivre dans un état policier qu'ils prennent au tragique le moindre incident.

Il souriait. Pamela ne souriait pas, le front plissé par la réflexion.

— Le chien aussi, c'est pour ça?

Nicolas Silverman approuva.

— Oui. Il gardait l'ambassade soviétique avant. Je le leur rendrai quand j'irai à Moscou.

Il voulut la reprendre par la taille, mais elle résista, poursuivant son idée.

— Tu ne m'avais jamais parlé de tout ça. Pourquoi t'en veut-on? Qui te menace?

Nicolas Silverman hésita à répondre, mais il en avait trop dit. Tout en caressant les cheveux de Pamela, il lui expliqua à l'oreille :

— Je suis sur le point de signer un accord très important avec les Russes, concernant le développement industriel de la mer Noire. C'est plein de pétrole *off-shore* autour d'Odessa. Des réserves colossales. Mais les Russes n'ont ni la technologie des forages sous-marins, ni l'argent pour les investissements colossaux que cela réclame. Et ils sont très méfiants dès qu'il s'agit d'étrangers venant travailler chez eux. Cela fait dix ans que je travaille à ce contrat. Il y en a pour des centaines de millions de dollars. J'ai été des dizaines de fois à Moscou. Les membres du Comité Central étaient divisés, réticents. Finalement, j'ai réussi à les convaincre de traiter à nos conditions. C'est un pas important vers la détente. Les gens de Washington sont enchantés.

— Alors, qui t'en veut?

Pamela Rice s'était arrêtée de danser, passionnée par le récit de Nicolas.

— Un groupe d'émigrés russes anti-soviétiques. Ils prétendent que cet accord va renforcer le potentiel militaire soviétique. Que ce serait une trahison envers l'Ouest.

C'était de nouveau un slow. Pamela se rapprocha de Nicolas.

— Fais attention, dit-elle. Ce serait idiot de te faire tuer. Pourquoi ne pars-tu pas à Moscou tout de suite?

Nicolas Silverman la serra encore plus fort.

— A cause de toi. Je n'ai pas envie de te quitter en ce moment.

Instantanément, Pamela s'écarta de lui.

— Oh, ne sois pas bête, veux-tu, dit-elle d'une voix agacée. Tu peux aller à Moscou, cela ne changera rien.

— Tu as revu Oscar? demanda l'Américain d'une voix misérable.

— La curiosité est un vilain défaut, fit sèchement Pamela. Je t'ai dit que c'était mon problème... Je ne veux plus que tu me parles d'Oscar. Tu entends?

— D'accord, d'accord, fit Nicolas.

Plus « Teddy Bear » que jamais, il essaya de reprendre Pamela contre lui, mais elle n'avait plus envie de danser. Au beau milieu du disque, elle le planta là. En passant devant les quatre « gorilles » du KGB, elle ne put s'empêcher de leur adresser un regard provocant qui leur fit plonger le nez dans leurs verres pleins à ras bord de cognac Gaston de Lagrange. Ils allaient vider la bouteille. C'était autre chose que l'infecte bibine qu'on trouvait au Goum [1]. Avec son chemisier provocant et sa démarche à la fois décidée et ondulante, Pamela représentait le rêve impossible du communiste moyen.

Nicolas suivait. Torturé. Pamela était tombée amoureuse d'un amateur d'art rencontré chez Sotheby et déjeunait presque tous les jours avec lui. Il ignorait s'ils avaient déjà couché ensemble ou s'ils allaient le faire. Et surtout, si c'était sérieux ou un jeu pour Pamela qui ne comptait plus ses amants. En la retrouvant tous les soirs pour dîner, il avait l'impression de contrôler la situation.

[1] Grand magasin de Moscou.

Et, au moins, il lui faisait l'amour, même si elle était un peu absente.

Alors, en dépit de l'importance de l'accord qu'il devait signer, il aurait fallu un tremblement de terre pour lui faire quitter Londres tant qu'il n'aurait pas récupéré Pamela complètement...

Galamment, Vladimir Souslov se leva lorsque Pamela revint à la table.

— Vous devriez venir à Moscou avec nous, proposa-t-il. C'est une ville très gaie lorsqu'on a des amis. Je vous présenterais notre Secrétaire Général. Il adore les jolies femmes.

Pamela Rice eut un sourire un peu crispé. Elle se voyait mal en train de flirter avec Leonid Brejnev...

— Le prochain week-end, dit-elle, je dois aller chasser chez mon oncle.

Quand le garçon apporta un magnum de Dom Pérignon, Vladimir Souslov termina le verre de Gaston de Lagrange qu'il s'était fait servir pendant que le Texan dansait. Il eut un large sourire.

— C'est autre chose que notre champagne caucasien! Nicolas Vassilievitch, tu comprends pourquoi nous avons tant de divisions en Allemagne! Il nous faut le champagne français.

Il éclata d'un rire énorme, la tête rejetée en arrière. On ne savait jamais s'il plaisantait complètement. Lui aussi évoquait un ours, mais pas un Teddy Bear : une grosse bête dangereuse et pataude. Tout à coup, il se pencha vers Pamela.

— Nicolas, m'a dit que vous dansiez très bien.

Avec un sourire amusé, Pamela se leva. Nicolas les suivit des yeux. L'estomac tordu de jalousie lorsqu'il vit Pamela Rice nouer ses bras autour du Russe et s'appuyer sur lui sans retenue. Il savait comment elle dansait et ça le rendait malade. « Salope », dit-il intérieurement. Il avait furieusement envie d'elle. D'autant plus qu'il ignorait si elle n'allait pas se dérober au dernier moment. Les quatre agents du KGB essayaient de prendre l'air dégagé sans y parvenir.

Nicolas essaya de détacher son regard de Pamela, examinant les gens dans la salle. Il avait remis ses lunettes. Il connaissait la plupart des couples : simplement, les hommes n'avaient pas toujours les mêmes cavalières. *Annabel's* était une grande famille...

Son regard revint vers Pamela et Souslov. Le Russe n'avait sûrement jamais gagné un concours de tango, mais semblait s'amuser beaucoup.

Nicolas consulta sa Seiko. Minuit. La plupart des gens étaient en train de partir. Les Anglais n'aimaient pas sortir tard. Mais, avant, ils ne sortaient pas du tout...

Nicolas se mit à prier le Seigneur pour que Pamela n'ait pas trop bu. Sinon, elle risquait de s'écrouler avant qu'il la touche. Il demanda l'addition. Souslov, non plus, n'aimait pas se coucher tard. Et ne se mettrait pas en tête de vider le magnum de Dom Pérignon. En attendant la fin de la danse, il commença dans sa tête à faire l'amour à Pamela.

***

Vladimir Souslov ferma frileusement son manteau en grimpant l'escalier protégé par la toile verte : un vent glacial soufflait sur Berkeley Square. Une douzaine de Rolls étaient garées en double file devant *Annabel's*.

— Veux-tu qu'on te dépose? proposa Nicolas Silverman.

Il savait que Souslov adorait les voitures de

luxe. Discrètement, les quatre agents du KGB s'étaient éloignés. Souslov fit un signe à son chauffeur qui attendait à côté de la grosse Zil et s'engouffra dans la Daimler.

— Le camarade Leonid adorerait en avoir une comme ça, dit-il en riant. Lui n'a qu'une vieille Rolls de 1964. Et encore, elle ne marche pas!

Dans l'ombre, Nicolas prit la main de Pamela.

La Daimler remontait vers Hyde Park à travers les rues étroites, élégantes et désertes de Mayfair. Il était tard et il y avait peu de circulation. Nicolas s'aperçut qu'ils étaient suivis. Une massive Tchaika noire. Les « gorilles » de Souslov. Il ignorait si c'était pour lui ou pour le Soviétique. Maintenant la Daimler filait le long de Hyde Park. Dix minutes plus tard, elle tourna dans une élégante et large voie privée longeant Hyde Park, de Kensington Road à Bayswater Road, une allée calme en pente douce, bordée d'arbres et de somptueuses résidences, pour la plupart des ambassades. Le chauffeur arrêta la Daimler devant le numéro 18, une sorte d'énorme château fort en pierre grise, flanqué d'immenses terrasses. L'ambassade soviétique.

Avant de descendre, Vladimir Souslov empoigna Nicolas Silverman par les épaules et l'embrassa carrément sur la bouche.

— Nicolas Vassilievitch, fit-il d'une voix de stentor, c'était une excellente soirée. Embrasse Trotsky pour moi!

Le chien-loup, impavide sur la banquette avant, observait les deux hommes. Vladimir Souslov lui fit un petit signe, baisa la main de Pamela et descendit. A peine la portière refermée, Pamela éclata de rire.

— Bravo, tu te fais rouler des patins par ce

gros type. Berk! Je t'interdis de m'embrasser après cela.

— Tu sais, en Russie, on est très expansif, dit Nicolas.

La Daimler avait fait demi-tour. Il se retourna et vit les phares de la Tchaika derrière lui. Malgré tout, cela lui fit un petit choc au cœur. Les Russes prenaient vraiment au sérieux les coups de téléphone.

Soudain, Pamela se laissa aller contre lui avec un soupir. Sa main atterrit sur la cuisse de Nicolas et remonta, le massant doucement et machinalement. Elle leva la tête vers lui et demanda d'une voix enjouée :

— Tu veux une salope dans ton lit, ce soir?

Nicolas Silverman était dans un tel état qu'il ne savait plus comment on disait « oui ». Il se contenta de pétrir la cuisse de Pamela. Pour une fois, celle-ci avait l'ivresse érotique. Nicolas se laissa aller sur la banquette, s'abandonnant au délicieux massage. Il y avait des moments où on s'apercevait que Pamela Rice avait été vraiment très bien élevée.

Tandis que la Daimler filait dans Kensington Road désert, il remonta la longue jupe de velours, découvrant le bas et la cuisse nue. Pamela Rice ne portait jamais de slip, prétendant que c'était bon pour les bonnes. Docilement, la jeune femme décroisa les jambes. Lorsque le chauffeur tourna dans Grosvenor Place, Nicolas avait troussé Pamela Rice jusqu'à la taille et se demandait s'il n'allait pas la violer sur les coussins de la Daimler. N'en pouvant plus, il approcha sa bouche du micro du chauffeur.

— Charles, dit-il, prenez le raccourci.

Le chauffeur freina et tourna aussitôt dans Halkin Street, l'enfilant en sens interdit. Derrière, la

Tchaika des Russes, surprise, continua tout droit, gênée par une autre voiture pour tourner. Trente mètres plus loin, la Daimler stoppa devant la maison de brique. Le chauffeur descendit aussitôt et ouvrit la portière arrière. Le chien-loup sauta à terre en même temps que lui. Au moment où Pamela Rice et Nicolas Silverman descendaient à leur tour du véhicule, l'animal se raidit soudain, les oreilles dressées, la tête tournée de l'autre côté de la rue, fixant un point au coin de la petite voie par laquelle ils auraient dû arriver.

Le chien grogna. Nicolas Silverman se tourna vers lui.

— Qu'est-ce qu'il y a, Trotsky?

Le chien-loup avait déjà bondi, traversant la rue. L'Américain aperçut une vague silhouette dans l'obscurité.

Pamela Rice, serrée frileusement dans son manteau de lynx, regardait la scène sans comprendre.

— Qu'est-ce que... commença-t-elle.

Un bruit métallique, strident, assourdissant, lui coupa la parole. Comme si on avait déchiré une feuille de métal. De l'autre côté de la rue, il y eut comme une série d'étincelles, un aboiement atroce qui glaça le sang dans les veines de Nicolas Silverman.

Il resta paralysé sur le trottoir. Dans le silence retombé, il entendit des pas s'éloigner en courant dans la petite rue, vit une silhouette se fondre dans l'obscurité. La gorge serrée, il appela.

— Trotsky!

Pas de réponse. Le chien-loup s'était volatilisé sous leurs yeux.

Au moment où Nicolas allait se décider à traverser, une voiture surgit de Grosvenor Place, à toute vitesse et vint s'arrêter derrière la Daimler. Deux des Soviétiques bondirent.

— Qu'est-ce qui se passe?

Oleg Penkowsky examinait la rue. Les expressions de l'Américain et de Pamela suffisaient à lui faire comprendre qu'il y avait quelque chose d'anormal.

Nicolas Silverman se secoua et tendit la main vers le coin de la rue.

— Je ne comprends pas. Il s'est passé quelque chose, là. Le chien a disparu.

Oleg Penkowsky cria quelque chose au chauffeur de la Tchaika. Aussitôt, celui-ci fit avancer la voiture en travers de Halkin Street, de façon à ce que les phares éclairent l'endroit où le chien avait disparu. Puis il s'élança à travers la rue, suivi de l'énorme Caucasien.

Comme un automate, Nicolas Silverman lui emboîta le pas.

Ce qu'il vit lui donna la nausée. Le sol était couvert de morceaux de chair éclatée, de viscères, de taches de sang. Le chien-loup avait éclaté en des dizaines de morceaux. Il y avait une patte avant dans le caniveau. Le seul morceau reconnaissable. Des quarante kilos de Trotsky il ne restait rien. Que du sang et des choses innommables. Oleg Penkowsky se baissa et ramassa une touffe de poils avec un peu de chair.

— *My God*! murmura Nicolas.

Oleg Penkowsky le prit par le bras.

— Ne restez pas là, Nicolas Vassilievitch. Nous ne savons pas ce qui est arrivé. Rentrez.

Nicolas Silverman passa une main sur son front subitement couvert de sueur froide. C'était impossible! Il n'y avait pas eu de détonation, rien que ce déchirement métallique. Quelle arme effroyable avait-on utilisée pour réduire ce chien en charpie?

Sans le bond de Trotsky, c'est lui qui serait répandu sur la chaussée...

Son cœur cognait dans sa poitrine, sans qu'il puisse l'arrêter. Il aperçut Pamela immobile sur l'autre trottoir, mais il n'avait plus envie de faire l'amour. Les deux Russes étaient en train de ramasser les morceaux du chien-loup. Brusquement, Nicolas se mit à vomir, en traversant la rue calme.

— Qu'est-ce qu'il y a? demanda Pamela.

— Je ne sais pas, murmura Nicolas Silverman. Quelqu'un a tué le chien.

— Oh, *my Goodness*! s'exclama Pamela Rice.

La bouche amère, Nicolas Silverman n'osa pas lui dire que c'était lui qui aurait dû être transformé en charpie.

CHAPITRE III

Le taxi stoppa le long de St James Park, en face d'une étroite ruelle élégante, qui montait entre deux hôtels particuliers. Une vieille grille de fer forgé, rabattue contre un mur, avait jadis dû fermer la ruelle.

— *That's Queen Ann's Gate*, Sir,[1] annonça le chauffeur de taxi.

Malko descendit du véhicule et s'enfonça dans la petite ruelle en pente, tournant le dos aux frondaisons de St James Park. Il faisait beau et frais, et il avait presque trop chaud avec son manteau de vigogne.

Au bout de vingt mètres, il déboucha dans une petite rue provinciale, bordée de maisons de trois étages en brique sombre, la continuation à angle droit de Queen Ann's Gate. Il chercha des yeux le numéro 21, le trouva à côté d'un immeuble à louer. Un bâtiment semblable aux autres, style hôtel particulier, trois étages plus une mansarde, des rideaux aux fenêtres du rez-de-chaussée.

Seul signe distinctif : une ligne jaune interdisait le parking devant. Malko avança jusqu'à la porte rouge vif passant devant une plaque noire

[1] C'est le Queen Ann's Gate.

où on lisait : *Commission for local administration.*

Il sonna.

Levant les yeux sur la façade, il aperçut une grosse boîte blanche collée aux briques, avec, en lettres noires « Bauham Alarms ». Ce n'était certes pas suffisant pour faire deviner à un passant innocent que ce petit immeuble discret était le siège du M. I. 6., les services secrets anglais. Personne ne pouvait savoir non plus que le 21 Queen Ann's Gate était construit dos à dos avec un énorme bâtiment de six étages occupant les 50-64 Broadway, qui, sous l'enseigne innocente du Ministry of Land and Natural Ressources, abritait les services administratifs du M. I. 6...

Les Anglais avaient un sens inné de la discrétion...

La porte écarlate s'ouvrit sur un personnage en civil absolument neutre, qu'on oubliait dix secondes après l'avoir vu. Il examina Malko avec nonchalance.

— Sir?

— J'ai rendez-vous avec Sir Maurice Bradley.

— Votre nom, Sir?

— Prince Malko Linge.

Avec une imperceptible inclinaison de tête, l'homme ouvrit la porte complètement.

— Par ici, Sir, les autres personnes sont déjà arrivées.

Malko suivit son guide dans un petit couloir. Celui-ci frappa deux coups à une porte et se tourna vers Malko.

— Votre manteau, Sir.

La porte s'ouvrit au moment où Malko achevait de se débarrasser de son manteau. Il aperçut une superbe bibliothèque et deux hommes en train de bavarder debout. Le troisième venait de lui ouvrir. Plus anglais que nature. Cheveux blancs, haute taille, légère couperose, moustache, cravate club et costume rayé bleu.

Un gentleman comme on n'en faisait plus. Il tendit la main à Malko et dit chaleureusement :

— *Good morning!* Nous n'attendions plus que vous!

Un des hommes s'avança aussitôt.

— Son Altesse Sérénissime, le Prince Malko Linge. Il vient d'arriver à Londres sur notre demande... Sir Maurice Bradley.

— Enchanté de vous rencontrer. Je crois qu'une cousine à moi a connu votre mère.

Malko portait un de ses inévitables costumes en alpaga noir, en dépit du froid piquant qui régnait à Londres. Ses yeux dorés scrutèrent Sir Bradley avec amusement et plaisir.

Le Britannique esquissa un sourire mondain. Il était encore plus élégant que Malko, de cette élégance légèrement fripée qui fait le chic des Anglais. Membre du Garrick's et du Jockey Club. Pudiquement désigné dans le Who's Who comme détaché auprès du Ministère des Armées de sa Gracieuse Majesté, Knight Commander of the British Empire, Knight Commander of the Order of St Michael et St Georges. Ce qu'en toute simplicité les initiés appelaient *Call me God*[1]. Et pour le rang élevé auquel appartenait Sir Maurice, *God calls me God*[2].

En réalité, Sir Maurice était le patron du M. I. 6, les « services » britanniques. Son bureau évoquait plus une confortable « Country House » qu'une officine d'espionnage. Un feu de cheminée brûlait dans l'âtre avec de petits craque-

[1] Appelez-moi Dieu.
[2] Dieu m'appelle Dieu.

ments, la bibliothèque recouvrait tout un mur. A gauche, il n'y avait qu'une fenêtre protégée par d'épais rideaux et un système électronique perfectionné. Les visiteurs disposaient de fauteuils de cuir profonds entourant une table basse. Pas un papier, pas un dossier ne traînait sur le bureau. Malko fut placé dans un des fauteuils. L'homme qui l'avait présenté, Patrick Davis, et qui ressemblait à un phoque avec sa moustache tombante, tourna son regard de myope vers l'autre visiteur, pour le présenter à Malko. Un homme de haute taille, cheveux courts aux traits réguliers et épais, à la bouche charnue et bien dessinée, aux pommettes saillantes, des yeux enfoncés comme une tête de mort.

— Le capitaine Oleg Penkowsky est attaché militaire adjoint à l'ambassade d'URSS à Londres.

Le Soviétique serra la main de Malko.

Discret, Patrick Davis s'abstint de préciser que le capitaine russe était le *rezident* du KGB à Londres, membre du Département V, 2e section. Fait que toutes les personnes présentes connaissaient, mais qu'on avait choisi en cette réunion amicale de passer sous silence. Oleg Penkowsky s'installa dans un fauteuil et alluma une cigarette. Il avait des mains longues et fortes, et l'élégance anglaise semblait avoir déteint un peu sur lui. Il paraissait parfaitement à l'aise. Malko étouffa discrètement un bâillement. Pour venir de Vienne, il avait dû passer par Copenhague, les vols directs étant bourrés. Il avait l'intention de faire de même au retour. D'abord pour acheter un peu d'argenterie au Danemark. Et, aussi pour faire un saut d'une journée à Paris acheter quelques cravates. Les Scandinavian Airlines avaient un vol qui partait le matin à neuf heures de Copenhague et un autre qui revenait le soir à 20 h 05 de Paris, permettant de profiter de toute la journée, sans perte de temps, avec les repas, un copieux petit déjeuner scandinave et un dîner étant servis à bord. Le château de Liezen était enseveli sous la neige. Du coup, il avait décidé d'emmener Alexandra, sa fiancée de toujours, et même Krisantem, son fidèle maître d'hôtel aux fonctions étendues.

L'antenne locale de la CIA lui avait retenu une suite somptueuse au *Hilton*, avec vue imprenable sur Hyde Park. Il ne faisait pas trop froid à Londres, et le patron des services secrets britanniques semblait absolument charmant. En Angleterre l'espionnage était encore un métier de gentleman. Leur réunion ressemblait à celle d'un club élégant. Ils représentaient pourtant trois des plus grandes barbouzières du monde.

Sir Maurice Bradley, installé en face de Malko, entreprit de bourrer sa pipe avec componction. Ses visiteurs attendaient patiemment, s'observant les uns les autres. Patrick Davis avait ouvert un dossier et le parcourait. Malko se dit qu'il fallait absolument lui apprendre à s'habiller. Avec sa veste à carreaux trop longue, son pantalon en gabardine beige trop large, et des chaussures monstrueuses qui ressemblaient à des bottes de la Wehrmacht, il était parfait pour Medrano, pas pour Mayfair. Sans compter ses cheveux trop longs. Les verres de ses lunettes devaient mesurer un centimètre d'épaisseur. C'était le type parfait du haut fonctionnaire de la *Company* arrivé à force de travail et de discipline. La seule chose que Malko n'aimait vraiment pas chez lui était son regard fuyant. Il avait posé à côté de lui un attaché-case ouvert bourré de dossiers.

Malko avait pris le petit déjeuner à la cafétéria du *Hilton*, laissant Alexandra se rendormir dans sa suite, sous la garde de Krisantem. Pour une fois que la CIA n'envoyait pas Malko dans un pays sous-développé, Alexandra avait décidé de se livrer à une orgie de shopping, profitant de la faiblesse de la livre.

Malko était heureux de se retrouver dans une ville civilisée, après son bain de sang en Ethiopie. Il lui avait fallu une semaine pour sortir du pays et se retrouver dans le territoire français des Afars et des Issas en compagnie de la princesse Elmaz. Sans l'or. Leurs passeurs le leur avaient volé à la frontière. Elmaz devait se trouver à Londres, chez ses cousins. Il ignorait s'il aurait le temps ou l'envie de la voir.

Londres serait certainement moins mouvementé. Son déplacement lui avait été demandé de Langley, directement, par le Deputy Director du Desk Europe. Le télex reçu à l'antenne de Vienne avait comme code « Teddy Bear ». Malko ignorait de qui il s'agissait. Seulement qu'il avait été choisi en raison de sa connaissance du russe et de son « profil » d'as de l'HUMINT [1].

Mystérieux. Mais il allait en savoir plus très vite. Qui était ce « Teddy Bear » qui réclamait tant de protection?

Sir Maurice Bradley acheva enfin d'allumer sa pipe et dit à la cantonade :

— Je pense que Mr Davis va nous expliquer les raisons de cette réunion...

Patrick Davis frotta ses grandes mains l'une contre l'autre et se gratta la gorge.

— Well, Sir. Nous nous trouvons en face d'un problème délicat. La protection d'un citoyen américain qui se trouve dans votre pays. Bien

[1] Human Intelligence : renseignement par des agents et non par satellite ELINT.

sûr, cela serait plus du ressort de Scotland Yard, mais la personnalité de cet homme, et surtout celle de ceux qui pourraient vouloir lui nuire, m'ont poussé à m'adresser directement à vous. Je ne voudrais pas mettre inutilement en danger la vie de citoyens britanniques.

Sir Maurice Bradley inclina la tête. Impassible. Le représentant du KGB écoutait la tête baissée. Patrick Davis continua :

— Il s'agit de Mr Nicolas Silverman, citoyen américain domicilié à Londres depuis six ans. Je vous ai remis une notice biographique à son sujet. M. Silverman a occupé différents emplois dans l'administration de notre pays et travaille maintenant pour l'industrie privée. Il s'occupe essentiellement des relations commerciales américano-soviétiques. A ce titre, il se trouve sur le point de signer un contrat pour le développement pétro-chimique d'une région d'Union Soviétique.

Sir Maurice Bradley inclina la tête et souffla une bouffée de *Rothmans*.

— Je suis au courant.

Beaucoup de gens s'intéressaient aux négociations américano-soviétiques. Encouragé, Pat Davis continua :

— Mr Silverman doit se rendre à Moscou très prochainement, afin de concrétiser cet accord. Cela, grâce à ses contacts personnels et à sa connaissance de la langue russe. Or, il semble que certaines personnes désirent que cet accord ne se fasse pas.

Malko admira au passage la litote. On était entre gens de bonne compagnie. Un vrai travail d'administration, pas des voyous licenciés en assassinats et chantages. Touchant... Un ange passa, déguisé en Agatha Christie. Le feu craqua dans la cheminée. Sir Maurice Bradley éleva son sourcil gauche de quelques millimètres.

— Avcz-vous identifié ces personnes?

Pat Davis n'eut pas le temps de répondre. Le capitaine Penkowsky lui coupa l'herbe sous le pied, dans un anglais un peu raide, mais parfait.

— Il s'agit d'un groupe de traîtres qui sont opposés à la détente. Des fauteurs de guerre. Les rescapés d'un mouvement fasciste fondé avant guerre et soutenu par les bandits nazis. Le N. T. S. Le plus dangereux d'entre eux est un bandit de droit commun, Leonid Volodia. C'est lui l'auteur des menaces et de l'attentat...

La violence de l'intervention du Soviétique semblait avoir choqué Sir Maurice. Le Britannique fixa un œil gris et paisible sur le capitaine Penkowsky.

— Quelles menaces et quel attentat?

Oleg Penkowsky ne se fit pas prier pour continuer :

— Ce bandit de Volodia assaille Mr Silverman de coups de téléphone le menaçant de mort. Avant-hier soir, on a tué le chien de garde de Mr Silverman.

Cette fois, Sir Maurice eut l'air vraiment choqué.

— C'est déplorable, reconnut-il.

Même les gens de l'IRA, qui étaient beaucoup plus proches du voyou que du gentleman, ne s'attaquaient pas aux animaux. Des bombes éclataient toutes les semaines à Londres, mais Dieu merci, aucun animal n'avait été blessé. De toute façon, il avait déjà sa petite idée sur l'affaire Silverman. Le M. I. 5, branche du M. I. 6 chargée du contre-espionnage à l'intérieur des frontières du Royaume-Uni, lui avait préparé un rapport passionnant. Il se délecta quelques secondes du regard plein de fureur de Pat Davis. Il attendait de savoir ce que l'Américain allait lui dire et ne pas lui dire... Il se tourna vers lui :

— Je serai ravi de vous aider. D'autant que je vois que nos amis soviétiques sont également concernés par ce problème.

Le capitaine Penkowsky en profita pour prendre la balle au bond :

— Le gouvernement de l'Union Soviétique serait extrêmement contrarié s'il arrivait quelque chose à Mr Silverman, confirma-t-il en détachant les mots. Notre Comité Central attache une grande importance à la signature de cet accord.

En clair, quand on connaissait les Soviétiques, cela signifiait qu'ils étaient prêts à mettre Londres à feu et à sang pour protéger Nicolas Silverman. Sir Maurice demeura impassible. Ses « services » n'avaient pas été sans remarquer la protection soviétique dont jouissait Nicolas Silverman à Londres. On ne se l'était pas encore expliquée au M. I. 6... Quelques mois plus tôt, la Grande-Bretagne avait expulsé cent huit membres du KGB qui devenaient vraiment trop voyants. Les Russes, sous le couvert d'un centre commercial dans West Highgate, avaient monté une barbouzière colossale. Jusqu'à ce que le M. I. 5 y mette bon ordre. Il fallait montrer maintenant un peu de gentillesse. Mais une question l'intriguait.

— Je suis prêt à faire tout ce qui est en mon pouvoir pour assurer la protection de Mr Silverman, dit-il, mais ne peut-il avancer son départ pour Moscou?

Il y eut un épais silence. Malko était justement en train de se dire la même chose. Pat Davis cligna des yeux derrière ses épaisses lunettes.

— Mr Silverman est retenu à Londres pour des raisons professionnelles sur lesquelles nous n'avons pas prise.

Sir Maurice eut un geste signifiant qu'il comprenait. De toute façon, ses interlocuteurs ne lui disaient pas toute la vérité. Il était en train de calculer quel avantage il pourrait tirer de sa collaboration pour son service. Il y avait toujours quelque chose à grapiller. Un petit défecteur, une information, un recoupement, un contact. Il se félicita de sa prudence : quelques mois plus tôt, il avait refusé de signer une demande d'expulsion à l'encontre d'Oleg Penkowsky afin de permettre au Soviétique de continuer certains contacts.

Le monde était petit.

— Je pense que je peux demander à la Special Branch de Scotland Yard de veiller sur Mr Silverman, suggéra-t-il. Ce sont des gens très efficaces et discrets. Je pourrais également me renseigner sur ce... Volodia, bien que nous n'ayons aucune charge contre lui, puisque Mr Silverman n'a pas porté plainte.

Il tourna son regard vers Pat Davis.

— Que pensez-vous des accusations du capitaine Penkowsky, Mr Davis? Connaissez-vous ce Leonid Volodia?

Dans les milieux barbouzes, il était de notoriété publique que le N. T. S. avait été « récupéré » par la CIA à la fin des années cinquante. Sir Maurice avait du mal à dissimuler la lueur de gaieté dans ses yeux gris. Les services américains continuaient à arroser des milliers d'émigrés d'Europe de l'Est. Comme Leonid Volodia. Tous les groupuscules d'émigrés étaient d'ailleurs infiltrés par les services soviétiques et par le M. I. 5. Les Anglais aimaient bien savoir ce qui se passait chez eux. De nouveau le capitaine Penkowsky ne laissa pas à l'Américain le temps de répondre.

— C'est ce bandit de Volodia, dit-il.

Sir Maurice Bradley prit une expression compassée pour demander :

— Comment pouvez-vous être aussi certain, capitaine Penkowsky?

— A cause de ceci, dit le Russe.

Il sortit un magnétophone de son attaché-case, le mit en marche. Après quelques secondes de silence, une voix basse dit en anglais avec un accent assez fort : « Mr Silverman, il ne faut pas aller à Moscou. Il ne faut pas renforcer les maîtres du Goulag. Renoncez à voir votre ami Souslov. Sinon nous serions obligés de vous... hésitation... empêcher définitivement de le faire. »

Claquement. Puis un autre message. A peu près similaire. Encore un autre. La voix était assez reconnaissable, à cause de son timbre et de son rythme haché, des soupirs un peu sifflants. Comme si celui qui parlait avait de l'asthme.

Le silence retomba. Malko remarqua que Pat Davis regardait la pointe de ses chaussures avec une obstination suspecte... Aussitôt le capitaine Penkowsky se tourna vers l'Américain :

— Mr Davis pourrait nous confirmer qu'il s'agit bien de la voix de Leonid Volodia. Je crois qu'il le connaît assez bien.

Sir Maurice réussit à ne pas lever les sourcils. Malko se dit que la réunion commençait à être intéressante.

Le silence de plomb se prolongea quelques secondes. Jusqu'à ce que Pat Davis dise d'une voix prudente et embarrassée :

— Il est exact que j'ai rencontré dans le passé ce Leonid Volodia. Comme beaucoup d'émigrés, il est entré en contact avec l'ambassade pour avoir des conseils, de l'argent... Mais nous n'avons pas donné suite. Je ne l'ai pas connu assez pour confirmer l'accusation du capitaine Penkowsky, mais il n'est pas impossible que ce soit lui.

Sir Maurice Bradley écoutait sans piper.

— De toute façon, nous pouvons déjà essayer de retrouver ce Volodia et lui poser quelques questions...

Le capitaine Penkowsky approuva silencieusement.

— Ce serait une bonne précaution, approuva avec chaleur Pat Davis. Je ne pense pas qu'il y ait un danger sérieux, mais ces émigrés sont souvent des extrémistes. Leurs opinions peuvent les pousser à des actes regrettables.

Si après ça, l'Américain n'était pas décoré de l'ordre de Lénine... Oleg Penkowsky ne cilla pas. Sir Maurice sentit qu'il valait mieux ne pas prolonger ce délicat tête-à-tête. Jusqu'ici, tout s'était assez bien passé mais il ne fallait pas tenter le diable... Il tapota sa pipe contre le cendrier et annonça de sa voix posée, pleine de distinction :

— Je m'occupe de tout ceci immédiatement, messieurs. Tourné vers le capitaine Penkowsky, il précisa : Vous pouvez rassurer votre gouvernement. Nous ferons tout ce que nous pourrons pour retrouver ce Volodia et protéger Mr Silverman. A ce propos, je comprends très bien le souci que vous avez de cette affaire, mais je pense que la Special Branch pourra assurer à Mr Silverman une protection suffisante.

Façon élégante de prévenir le KGB qu'il ne devait rien utiliser au-delà de la mitrailleuse lourde. Londres, ce n'était pas Belfast. Il y avait déjà assez de fous en liberté avec les tueurs de l'IRA.

Il savait qu'Oleg Penkowsky agissait d'après les ordres de Vladimir Souslov, patron du département d'état pour la Science et la Technique. Souslov était un homme important à qui on pouvait passer de petites fantaisies, comme de se promener avec quatre gardes armés jusqu'aux dents là où on n'emmenait d'habitude que des jolies femmes. Après tout, la Grande-Bretagne devait exporter aussi en Union Soviétique. On ne pouvait pas tout vendre aux Arabes qui avaient déjà acheté la moitié de Londres. Sir Maurice Bradley s'était aperçu avec horreur que son nouveau voisin dans Mayfair ne s'habillait qu'en djellabah et prenait un parcours de golf pour un champ avec des taupes...

Il réalisa que Malko n'était pratiquement pas intervenu dans la discussion. Il avait son dossier sur son bureau et sa présence l'intriguait. A sa connaissance, la CIA n'avait jamais employé Malko sur une mission facile. Comme d'effectuer la liaison entre lui-même, les Russes du KGB et les gens de la CIA à Londres. De là à conclure qu'on lui avait dissimulé deux ou trois choses, il n'y avait qu'un pas que sa bonne éducation ne lui permettait pas de franchir.

— Je pense que le Prince Linge va prendre cette petite affaire en main, dit-il.

— Il est à Londres pour cela, confirma Pat Davis. Je vais le présenter à Mr Silverman. Nous n'avons pas assez de monde sur place pour les cas de ce genre.

— Parfait! fit Sir Maurice.

Il griffonna quelque chose sur une carte de visite qu'il tendit à Malko.

— Voici ma ligne directe et mon numéro personnel. Je vous tiendrai au courant pour Volodia. Et, de toute façon, ajouta-t-il en souriant, j'espère que nous aurons l'occasion de parler de nos alliances familiales.

Malko prit la carte, flatté.

Tous se levèrent et sortirent à la queue leu leu, accompagnés à la porte de Queen Ann's Gate. Dès qu'ils furent sortis, Sir Maurice sonna. Un civil apparut aussitôt. Neutre.

— John, demanda le chef du M.I.6, voulez-vous envoyer quelqu'un relever toutes les empreintes de ce bureau, je vous donnerai les noms plus tard.

Cela pouvait toujours servir.

*
* *

— Venez au bureau.

Pat Davis attendait Malko, la main sur la portière d'une Austin grise aux vitres noires. Une petite merveille qui avait coûté trente-cinq mille dollars à la *Company*. Blindée comme un char d'assaut. Depuis l'assassinat de Robert Welsh, le chef de station d'Athènes, la CIA avait décidé d'assurer la protection maxima de ses chefs de station. Ils coûtaient trop cher à former.

Oleg Penkowsky s'était déjà engouffré dans une Volga immatriculée C.D.

Malko prit place dans l'Austin. Les vitres fumées laissaient passer peu de lumière. Elles avaient trois centimètres d'épaisseur. Le moteur poussé, montait la petite voiture à 180. Pat Davis tourna sur place pour rejoindre Broadway Street.

— Sir Maurice est un type O.K. dit-il. Le M.I.6 en avait besoin.

Un ange déguisé en défecteur passa. Les Anglais avaient eu bien des malheurs. A la CIA, les mauvaises langues prétendaient que si on voulait communiquer un renseignement aux Soviétiques, il suffisait de le donner au M.I.6...

Un peu abruti, Malko ne parla pas jusqu'à Grosvenor Square, où se trouvait l'énorme building de l'ambassade U. S. Pat Davis entra dans le garage souterrain, et ils prirent l'ascenseur jusqu'à son bureau du quatrième étage dissimulé pudiquement parmi ceux de la *Drug Enforcement Agency*. Le chef de station, suivi de Malko, traversa le bureau de sa secrétaire et s'effaça pour le laisser entrer le premier.

Malko s'arrêta sur le seuil, stupéfait. Deux hommes se trouvaient déjà dans le bureau. Deux montagnes de chair aux yeux gris qu'il connaissait fort bien. Presque identiques avec leurs cheveux très courts, leurs costumes gris foncé, leurs cravates à dessins et leurs chaussures énormes. Purs produits du puritain Middle-West. Pour Milton Brabeck, né à Peoria, dans l'Illinois, le monde civilisé s'arrêtait un peu avant New York, capitale du péché.

Chris Jones et Milton Brabeck, « gorilles » de choc de la C. I. A.

Sûrement pas à Londres pour faire du tourisme... Il se tourna vers Pat Davis et dit avec un sourire sarcastique :

— Je parie que ces messieurs viennent *aussi* faire la liaison.

— Non, fit sombrement Pat Davis, il y a une merde.

CHAPITRE IV

Pat Davis conduisait avec prudence, les mains sur le haut du volant de la petite Mini à travers le dédale élégant de Mayfair. Malko se demandait comment Chris Jones et Milton Brabeck avaient pu se tasser à l'arrière de la petite voiture. Les genoux sous le menton, le chapeau sur les genoux, le crâne touchant le pavillon, ils avaient l'air heureux de poissons hors de l'eau.

— Je sais bien qu'il faut faire des économies, bougonna Chris, mais il vaudrait encore mieux des bicyclettes.

Heureusement, leur supplice prenait fin. Pat Davis gara la voiture presque en face du *Hilton*.

— Nous sommes arrivés, annonça-t-il.

Il avait coupé court à la conversation dans son bureau, prétextant la réservation à l'*Ambassador Club*. Le club ressemblait à un bateau, le jardin se terminant en pointe, en face du *Hilton*. Eux s'étaient arrêtés devant un mur aveugle, prolongeant l'entrée du club, un des meilleurs de Londres. Pat Davis prit Malko par le bras.

— Vous voyez ce mur? On l'appelle le Mur des chuchotements... Le soir, c'est plein de prostituées qui viennent provoquer les membres qui sortent du club. Tout se passe dans la discrétion.

Malko sourit. Il avait l'impression que le chef de station de la CIA n'était pas pressé de lui dire en quoi consistait la « merde ». Il les fit pénétrer à l'intérieur, signa le registre. Ils passèrent devant un salon à la décoration très chargée, où trois gentlemen somnolaient dans des fauteuils de cuir vert, pour arriver dans un bar spacieux décoré de plantes vertes, jouxtant une salle à manger. L'ambiance était assez froide.

Deux membres saluèrent Pat Davis, et un garçon italien s'approcha, d'un air découragé d'avance. Chris Jones eut une grimace dégoûtée.

— Dites donc, c'est à peine plus gai qu'un cimetière, ici.

Pat Davis fit la moue.

— Ici, ce n'est rien. L'*Ambassador* est un des plus libéraux. Au *Traveler's*, les membres qui n'ont pas été présentés ne se parlent pas... sauf en cas d'incendie.

Ecœurés, les gorilles commandèrent chacun un double *J & B*, Pat Davis un Martini Bianco, et Malko une vodka.

Malko chercha en vain une présence féminine. En Grande-Bretagne, les femmes sont censées ne servir que la nuit. Un vrai gentleman n'affiche pas ses tendances sexuelles. On sort avec son cheval, mais jamais avec sa maîtresse.

— *Prunier* est fermé, annonça Pat Davis, mais ici ce n'est pas trop mauvais.

Un garçon s'approcha soudain du chef de station de la CIA.

— Sir, on vous demande au téléphone.

Dès qu'il se fut éloigné, Malko sourit aux gorilles.

— Quelle surprise! fit-il. Nous allons travailler ensemble de nouveau. Votre ami Krisantem est là.

— Ah, fit Milton sans joie excessive.

Depuis leur première rencontre à Istambul, dix ans plus tôt, les deux Américains et le Turc ne s'aimaient pas vraiment. Il faut dire que les circonstances avaient été difficiles.

— Vous êtes à la recherche de Ward, vous aussi? questionna Chris.

Malko leva les sourcils.

— Ward? Qui est-ce?

Chris échangea un regard avec Milton. Comme s'il en avait trop dit. Puis il se pencha sur la table.

— Bon, dit-il, j'ai gaffé. Je n'aurais jamais dû prononcer ce nom. C'est *classified*. Et vous n'avez pas la *clearance*. Mais, merde, on se connaît depuis longtemps. Vous le gardez pour vous, OK?

— OK, promit Malko de plus en plus intrigué.

Pat Davis n'avait toujours pas réapparu.

— Nous sommes sur un *wet-stuff*[1], souffla Chris. Super classifié. Un *spook*.

— Qui? demanda Malko. Le Ward?

Chris Jones inclina la tête affirmativement.

— Malko, demanda le gorille, depuis combien de temps travaillez-vous pour la *Company*?

Malko réfléchit quelques instants.

— Une douzaine d'années peut-être.

Le gorille baissa encore la voix.

— Avez-vous jamais entendu parler de *Assorted Nasties*?

— Oui, vaguement. Enfin, je sais ce que c'est.

Assorted Nasties était le nom argotique donné à une section très spéciale de la Technical Division de la CIA, celle chargée de fabriquer et d'entretenir le matériel de sabotage, de meurtre et d'écoutes techniques. Le pistolet extra-plat

[1] Une affaire où il doit y avoir du sang.

de Malko avait été fabriqué par *Assorted Nasties* quelques années plus tôt...

— OK, fit Chris. Le type qu'on cherche, Théo Ward a dirigé *Assorted Nasties* pendant huit ans. C'est un génie. Mais un dingue aussi. Toutes les tentatives d'assassinat contre des chefs d'état, c'était lui. Il a une imagination diabolique dès qu'il s'agit de tuer ou de détruire. Ce doit être un foutu psychopathe.

— Et qu'est-il arrivé? demanda Malko.

Chris Jones fouilla dans la poche de sa veste et en sortit trois granulés de métal qu'il montra à Malko. C'était visiblement des balles de petit calibre qui s'étaient écrasées contre un obstacle.

— Il est arrivé, fit Chris, qu'on a retiré ces bijoux-là du corps d'un chien, ici, il y a deux jours. Il n'y a qu'une seule arme au monde qui les tire. Une mitraillette expérimentale appelée *Vénus*. Elle en crache des centaines en quelques secondes. Un véritable hachoir. Des *Vénus*, il n'y en a pas plus de douze au monde. Nous savons où elles sont toutes. Sauf une. Celle que Théo Ward a emportée avec lui... *Vénus*, c'est aussi une de ses inventions.

— Il est devenu fou? demanda Malko.

Chris secoua la tête.

— On n'en sait rien. Il a quitté la *Company* il y a un mois, prétextant la fatigue. C'était vrai, il avait une maladie de cœur. Il a cinquante-huit ans. Il est anglais, on ne pouvait pas l'empêcher d'aller s'installer dans son pays natal. Bien entendu, il s'est engagé à ne jamais mentionner ce qu'il avait créé pour nous. Seulement, depuis, il a disparu de chez sa mère, et il y a l'histoire du chien.

— Mais on lui a laissé emmener un arsenal? interrogea Malko.

Le gorille haussa les épaules.

— Ce n'est pas à moi qu'il faut demander cela. Ils ne pouvaient pas le surveiller vingt-quatre heures sur vingt-quatre. Il travaillait chez lui. Il a gardé des échantillons de tout ce qu'il a fabriqué.

Malko regarda dans la direction du salon vert. Toujours pas de Pat Davis.

— Dites-moi, Chris, demanda-t-il, ce chien qui a été tué, à qui appartenait-il?

De nouveau, le gorille manifesta une réticence visible. Malko plongea ses yeux dorés dans les siens, avec toute l'intensité dont il était capable.

— Chris...

— Bon, fit le gorille, au point où j'en suis... A un protégé de la *Company*, un certain Nicolas Silverman. Apparemment, c'est lui qui était visé.

Une petite langue froide léchait la colonne vertébrale de Malko. On y était.

— Vous savez pourquoi ce Ward s'est livré à cet attentat?

Chris Jones secoua la tête.

— Non. A Langley, quand ils m'ont résumé, ils m'ont seulement dit qu'il avait perdu la boule, qu'il était devenu *amok*, quoi. Et qu'il fallait remettre la main dessus, dare-dare et discrètement.

— La main... fit Malko.

— Enfin, la main, fit pudiquement le gorille.

Un ange passa, traînant un gilet pare-balles. On ne déplaçait pas à travers l'Atlantique des spécialistes comme Chris et Milton pour une conversation mondaine. Encore une mission qui se réglerait dans les dossiers de la CIA par l'euphémisme utilisé dans ces Cas extrêmes :

Terminated with extreme prejudice[1]. La silhouette de Pat Davis surgit enfin du couloir.

— Prince, fermez votre gueule, hein? souffla Chris de nouveau le nez dans son *J & B*.

— Je suis une tombe, dit Malko.

Milton Brabeck s'ébroua.

— Il ne faut pas dire ces choses-là. Ça porte malheur.

— Je suis désolé, fit Pat Davis en s'asseyant. Un problème urgent à régler avec l'ambassadeur.

— Nous ne nous sommes pas ennuyés, affirma Malko.

*
* *

Pat Davis s'essuya la bouche avec soin et conclut.

— Donc, votre mission à tous les trois consistera à assurer la protection rapprochée de Nicolas Silverman jusqu'à ce qu'il se décide à partir pour Moscou...

D'émotion, Chris et Milton avaient à peine touché à leur rosbeef. Le chef de station de la CIA venait de tout révéler à Malko. La disparition de Ward, les menaces contre Silverman, et l'attentat qui semblait démontrer que les deux affaires étaient liées.

— Pourquoi Ward voudrait-il assassiner Nicolas Silverman? interrogea Malko.

— Je n'en sais rien, avoua Davis. Mais nous savons que la seule personne à posséder une *Vénus*, c'est lui. Ou il a été enlevé par les gens du N.T.S., ou il collabore librement avec eux.

Malko était de plus en plus rêveur.

— Les deux hommes n'avaient jamais été en contact?

[1] Tué.

Le chef de station de la CIA à Londres secoua la tête.

— Pas à ma connaissance. Je vous avouerai que je ne croyais pas beaucoup à cette histoire jusqu'à cet attentat. Ce sont les gens de Langley qui ont décidé d'envoyer ces deux messieurs. J'avais vu Ward à son arrivée à Londres, il semblait tout à fait normal et m'a communiqué l'adresse de sa mère. Depuis, il s'est évaporé.

— Sir Bradley est au courant? demanda Malko.

Pat Davis manqua renverser son café.

— *Holy Lord, no!* Si les Anglais apprennent cela, ils seront fous furieux.

Chris secoua la tête, approuvant.

— Ce type est le diable...

— Enfin, coupa Malko. Il n'a pas de pouvoirs surnaturels...

Chris Jones se pencha par-dessus la table.

— Je vais vous expliquer à quel point il est vicieux. Il a inventé une grenade de « salon ». La taille d'un sachet à thé. Aucune part métallique. Indétectable. Vous la glissez sous un tapis. Le type qui marche dessus n'a plus un os intact dans le pied... Quand elle est désamorcée, elle change de couleur. Ça ne suffisait pas à ce type. Il s'est arrangé pour qu'elle change de couleur et continue à être dangereuse!

Les yeux gris de Chris Jones respiraient à la fois la fascination et l'indignation.

— Mr Jones, fit sèchement Pat Davis, cette information est classifiée.

— Avez-vous une idée de la façon dont nous pourrions retrouver ces deux hommes? demanda Malko, volant au secours de Chris.

— Aucune, trancha Pat Davis. J'ai envoyé à

Langley un « N.T. report »[1]. De plus, nous n'avons aucune autorité pour rechercher quelqu'un sur le territoire britannique. Le seul à pouvoir nous aider est Sir Bradley. En attendant, il faut se contenter de veiller sur Mr Silverman. *Hot surveillance*.

— Qu'avez-vous prévu? demanda Malko.

Davis termina son faux expresso d'un trait et reposa la tasse.

— C'est simple. Vous n'allez pas le quitter d'une semelle. Jour et nuit. Les gens de l'autre côté sont là aussi.

— A propos, demanda Malko, ils savent pour Ward?

L'Américain hésita.

— Je... je ne crois pas. Ils savent seulement que Leonid Volodia dispose d'armes ultra-modernes et nous soupçonnent, bien entendu, de les lui avoir remises pour une autre mission.

— A quoi ressemble ce Volodia? demanda Malko.

— A ça, fit Pat Davis. Vous pouvez la garder.

Il sortit de sa poche une photo qu'il glissa à Malko. Un homme aux traits lourds, avec d'épais sourcils, des cheveux noirs abondants et des yeux d'halluciné.

— 1 m 80 environ, précisa Pat Davis. Corpulent. Droitier. Si j'ai une piste par Sir Bradley, je vous la donnerai immédiatement.

— Elle risque de mener au cimetière, ironisa Malko. Après ce que vous venez de dire, je n'irai pas perquisitionner chez ce Volodia.

Pat Davis était en train de signer l'addition.

[1] *No trace report*. Lorsque une information est demandée et qu'on ne peut y répondre.

Milton Brabeck leva les yeux au ciel, but ce qui restait de sa bière *Beck's* d'un coup et dit :

— Si je le vois où que ce soit, je n'hésite pas le quart d'une seconde.

*
* *

— Attention aux virages, gémit Milton, Chris m'écrase.

De nouveau la Mini filait le long de South Audley Street. Heureusement qu'il n'y avait que quelques centaines de mètres entre l'*Ambassador Club* et l'ambassade US. L'énorme bâtiment surmonté d'un aigle de bronze écrasait Grosvenor Square de sa masse impressionnante. Comme si un aéronef venant d'une autre planète s'était posé dans ce quartier tranquille. A peine dans le bureau de Pat Davis, Chris Jones tendit une boîte de carton à Malko.

— Avec les compliments de la Technical Division.

Malko prit la boîte. Rien qu'au poids on se rendait compte que ce n'était pas des chocolats. Il ôta le couvercle et aperçut un pistolet automatique noir, un Hi-Standard calibre 22, sur lequel était vissé un silencieux. Plus deux boîtes de cartouches. Une verte et une rouge.

— Vous avez devant vous une des dernières créations de Mr Ward, fit ironiquement Chris Jones. Le silencieux est un « sionic » super-efficace. Les cartouches sont un peu spéciales. L'amorce est au baryum. Le mélange qui propulse la balle est composé de chromate et de bore. Elles sont subsoniques, à cause du bruit, mais laissez-moi vous montrer...

Sous l'œil réprobateur de Pat Davis, Chris prit le pistolet, glissa une cartouche dans le chargeur et l'arma. Puis il alla prendre un annuaire qu'il plaça en équilibre contre le mur. Le gorille recula de cinq mètres environ et visa l'annuaire.

Il y eut un « plouf » qui aurait passé complètement inaperçu dans une pièce où il y aurait eu des conversations. L'annuaire avait à peine bougé. Malko alla le ramasser et eut un choc. Il y avait un petit trou, de chaque côté. La balle avait traversé de part en part les deux mille pages! Même un « Magnum » n'aurait pas eu cette force de pénétration. C'était terrifiant.

— Vous avez compris? ricana Chris Jones. Vous avez une gâterie supplémentaire. La boîte rouge contient des cartouches dont les balles sont imprégnées de venin de cobra lyophilisé... Autrement dit, à la moindre égratignure, vous êtes mort... C'est ce que je vous conseille de mettre dans cet engin.

Malko chercha le regard de Chris.

— Vous pensez que Ward en a aussi?

— Probablement, fit l'Américain. Et pas mal d'autres choses aussi. A propos, cette arme n'a pas de numéro et elle est venue par la valise diplomatique. Donc pas de problème. Mais il ne faudrait pas qu'elle tombe entre les mains des Anglais.

Il y eut un « buzz » discret, et Pat Davis décrocha son téléphone pour raccrocher au bout de quelques secondes.

— Nicolas Silverman vous attend à cinq heures, chez lui, Halkin Street, annonça-t-il.

« D'ici là, j'ai arrangé quelque chose d'utile pour vous trois.

Il prit sur son bureau trois épingles à tête mauve et les tendit à ses visiteurs.

— Il y a un *Security Desk* à l'entrée du *Hilton*, expliqua-t-il. On fouille tout le monde. La dernière bombe de l'IRA a fait huit morts et soixante blessés. Mettez ces épingles au revers de votre manteau. On vous laissera passer. Tous les deux jours, nous vous en fournirons de couleur différente.

Chacun prit son épingle.

— Messieurs, dit-il alors à Chris et à Milton, votre équipement a été livré directement dans vos chambres. Vous êtes tous au 15e étage.

« Je propose que nous ayons un briefing demain matin, neuf heures à la cafétéria. Vous me direz comment vous vous êtes organisés. Malko, vous utiliserez mon Austin. D'ici là, j'aurai peut-être une information pour vous.

— Merde, fit Chris. Je préférerais marcher.

***

Chris Jones déplia le papier huilé avec componction et poussa un petit sifflement d'admiration.

— *Goddam it!* Un « Mafia Special ».

Il prit avec précaution le fusil de chasse à canon scié, un *shotgun* qui ne mesurait pas plus de dix-huit pouces, manœuvrant la pompe d'armement. Une arme qui faisait des trous comme une soucoupe à dix mètres. La valise diplomatique était quand même une chose bien utile.

Milton Brabeck, de son côté, admirait silencieusement un imposant 44 Magnum qui disparaissait presque dans son énorme patte : le modèle immédiatement en-dessous de l'obusier.

Malko observait les deux « gorilles ». Ils n'avaient pas tellement changé depuis Istambul. Des âmes simples, heureuses d'un rien.

— Nos amis du KGB vont être jaloux, remarqua-t-il en souriant. Vous pourrez échanger des cartouches en souvenir.

Milton Brabeck en reposa son Magnum.

— C'est pas une blague? On va vraiment travailler ensemble?

— Tout à fait sérieux, confirma Malko. Vous allez les rencontrer. Ils se préoccupent également beaucoup de la sécurité de Mr Silverman. Ce sont des gens charmants...

Chris Jones fit la grimace. A ses yeux, le seul communiste charmant, c'était un communiste mort. Milton Brabeck se rapprocha, en train de glisser de monstrueuses cartouches dans le barillet du 44 Magnum. Visiblement préoccupé.

— Ce type, Silverman, c'est un « commie » ou quoi? Pourquoi les Ivans lui veulent tant de bien?

— Vous avez entendu parler de la détente? demanda Malko.

L'Américain hocha la tête d'un air dégoûté.

— Ouais.

Le mot « détente » était pour lui un mot obscène. La seule façon de converser avec les Russes étant la fusée ICBM. A la rigueur le canon de char pour les gentils. Les deux gorilles de la CIA avaient été élevés depuis vingt ans dans l'horreur du système soviétique et avaient beaucoup de peine à suivre l'évolution de la politique américaine.

Lorsque les Américains avaient vendu des quantités considérables de blé aux Russes, Chris avait écrit à son Congressman pour protester. « Qu'on laisse mourir de faim les « rouges » ou, si on voulait leur envoyer du blé, qu'on l'empoisonne au moins avant... »

A part cette petite fixation, c'étaient des garçons charmants et efficaces. A eux deux, ils avaient la puissance de feu d'un petit porte-avions et, de plus, ils adoraient Malko. Ce devait être leur dixième mission commune.

De loin, Chris, qui commençait à avoir quelques cheveux gris sur les tempes, ressemblait à un grand étudiant un peu dégingandé. En s'approchant, on découvrait qu'il avait les avant-bras comme des jambons de Virginie et un cou de taureau. Il était capable de prendre un homme à bras-le-corps, de le jeter en l'air et de le rattraper. Quant au tir, il pouvait couper une mouche en deux à trente mètres. A plus forte raison, un communiste.

Milton Brabeck s'était approché de la fenêtre et observait la circulation le long de Hyde Park.

La suite de Malko était quand même plus spacieuse que la grande chambre des gorilles. Alexandra était quelque part dans Londres en train de faire du shopping.

— Pourquoi ils roulent à gauche, les Anglais? demanda Milton.

Insondable mystère. Les deux Américains se sentaient presque aussi dépaysés que dans un pays du tiers monde. Chris Jones s'approcha, caressant le « Mafia Special ».

— Les flics sont tout nus ici, remarqua-t-il. Qu'est-ce qu'ils font, ils sifflent ou ils prient?

— Ici, précisa Malko, même les voyous ont quelques gouttes de sang de gentleman... Ils ne tirent pas.

Chris Jones médita quelques instants sur cette chose inouïe : des policiers sans armes. Puis son visage s'éclaira :

— Au fond, fit-il, c'est comme lorsqu'un D. A. [1] veut garder un témoin en vie jusqu'au procès, non? J'ai connu ça au FBI. C'est simple. On n'a

[1] District Attorney.

pas besoin des Ivans... Il y a des banques à Londres, non?

— Sûrement, dit Malko. Quelle est votre idée, Chris?

— Si on demande poliment, on pourra utiliser une salle des coffres, expliqua le gorille. On met un lit de camp dedans, le type dessus, Milt et moi, à côté, on joue au poker en bouffant des conserves et en buvant de la *Beck's*. Et quand on frappe à la porte, on n'ouvre pas...

Malko ne put s'empêcher de sourire.

— C'est une excellente idée, Chris. Malheureusement Mr Silverman n'a pas envie de s'enfermer, et nous sommes obligés de respecter ses désirs...

— Il est dingue, ce mec, remarqua Milton. Si je savais qu'il y a des types prêts à m' « extraire »[1], je me planquerais.

— C'est un demi-Slave, soupira Malko. Il est fataliste et il a confiance en nous pour le protéger...

Le téléphone sonna. Malko décrocha, parla quelques instants et raccrocha.

— Quand on parle du loup... dit-il. Le capitaine Oleg Penkowsky, du KGB, est en bas. Je lui ai dit de monter. Vous pouvez rester.

— Merde, fit Chris, ça fait une drôle d'impression.

On frappa.

Malko alla ouvrir lui-même. Le capitaine Penkowsky lui tendit la main, le visage grave, et ses yeux balayèrent rapidement la pièce.

— Entrez, dit Malko. Je vais vous présenter à deux fonctionnaires détachés à la protection de Mr Silverman : Messieurs Chris Jones et Mil-

[1] Tuer, en argot CIA.

ton Brabeck. Ils sont venus spécialement de Washington. Ce sont des spécialistes du Secret Service. Ils ont toute latitude du gouvernement anglais pour agir... Chris, le capitaine Penkowsky, de l'ambassade soviétique, également chargé de la protection de Nicolas Silverman.

Le « Mafia Special » était posé sur la table, mais le Soviétique fit semblant de ne pas le voir. Chris et Milton examinaient Penkowsky comme si c'était un Martien.

Milton Brabeck se demanda s'il ne devrait pas se laver les mains immédiatement afin de ne pas risquer d'être contaminé par le virus communiste. Malko observa la raideur du Soviétique. Il avait l'impression que quelque chose le tracassait. Autrement, il serait beaucoup plus détendu. Après tout, ils étaient alliés pour une fois. Cette visite surprise avait certainement une raison.

— Capitaine, dit-il, puis-je vous offrir un peu de vodka?

C'est une offre qu'un Russe, aussi haut placé soit-il, ne refuse jamais.

Il se leva et alla prendre une bouteille de Laika dans le freezer. Chris Jones, prudent, attrapa une bouteille de Martini Bianco.

Malko remplit quatre verres puis leva le sien.

— Capitaine, buvons à l'amitié américano-soviétique.

Il vida son verre d'un coup, imité par Penkowsky. Embarrassés et se disant que ce devait être une coutume russe, les deux gorilles firent de même avec leur Martini Bianco.

Malgré l'alcool, le Soviétique semblait de plus en plus guindé.

— Je viens de la part du camarade Vladimir Souslov qui est extrêmement préoccupé de la situation. Il pense que l'élimination de Mr Silverman serait un coup sérieux pour les relations entre nos deux pays.

Malko écoutait, un peu étonné.

— Mais je ne suis ni ambassadeur, ni même fonctionnaire en place, fit-il remarquer. C'est à Mr Davis que vous devriez transmettre ce message.

Il était surpris, connaissant le respect des Russes pour la hiérarchie. Il fallait une raison grave pour que le capitaine du KGB s'adresse à lui, simple barbouze hors cadre de la CIA. Ce n'était quand même pas son titre qui impressionnait les gens du KGB.

— Vladimir Souslov désirait que je vous parle à vous, insista le Soviétique. Pas à Mr Davis.

Cette fois, il avait parlé russe. Malko se raidit. Il avait l'impression que les problèmes commençaient.

CHAPITRE V

Il y eut un silence pesant. Les deux Américains fixaient le Soviétique, bouche bée. Ce dernier regardait droit devant lui, les traits absolument immobiles. Il sortit un étui à cigarettes de sa poche et en alluma une sans se presser avant de continuer, toujours en russe.

— Nous pensons que les Américains sous-estiment la menace contre Mr Silverman. Peut-être parce qu'ils se trouvent dans un pays ami. Nous estimons, au contraire, que ce danger est très sérieux et qu'une issue fâcheuse n'est pas à exclure.

Malko se tourna vers Chris et Milton.

— Il vous prie de l'excuser, mais il n'est pas à l'aise en anglais. Il préfère s'exprimer dans sa langue.

— OK, fit Chris. C'est amusant d'entendre parler russe.

C'était la pente glissante. Ou les Russes avaient vraiment des raisons de s'inquiéter ou ils étaient en train de monter une « intox » superbe. Malko avait envie de dire au Soviétique que la CIA ne sous-estimait pas du tout le danger, mais il y avait le secret professionnel.

— Gospodine Linge, demanda soudain Penkowsky, ces hommes dépendent-ils directement de vous? Pour cette action ponctuelle, êtes-vous le seul habilité à leur donner des instructions?

Surpris par la question, Malko mit quelques secondes à répondre.

— Ils dépendent de leur agence fédérale, fit-il. Que voulez-vous dire?

Le Soviétique expira une longue bouffée de fumée. Il semblait de plus en plus mal à l'aise.

— Je voudrais que vous disiez à ces hommes qu'ils ne prennent aucune initiative sans en référer à vous ou à moi.

Malko regarda le visage tendu du Soviétique. Ce qu'il lui demandait était bizarre et surprenant. Cela revenait à mettre sous les ordres du KGB deux agents de la CIA. Oleg Penkowsky avait sûrement une raison. Une raison grave. Automatiquement, il répliqua :

— Je pense que le seul capable de donner cet ordre est Mr Davis dont dépendent ces deux fonctionnaires.

— Je vois, dit le Soviétique un peu sèchement.

— Je ne vois d'ailleurs aucune raison de conflit, continua Malko, étant donné les intérêts convergents des deux pays dans cette affaire. Je suis sûr que Mr Davis sera ravi d'une bonne coordination.

— Bien sûr, approuva le Soviétique, l'air absent.

Pourquoi tenait-il cette conversation en russe alors que son anglais était parfait et que ses propos étaient tout à fait banals?

Sentant la nervosité de Chris et de Milton, Malko continua en anglais :

— Le capitaine Penkowsky s'inquiète de l'harmonisation de notre action commune. Je pense que pour simplifier les choses, et sous réserve de l'approbation de Mr Davis, il serait préférable que vous obéissiez à ses instructions, au cas où je ne serais pas en mesure de vous en donner moi-même. Si je suis absent, par exemple.

Il crut que les yeux de Chris Jones allaient tomber sur la moquette. C'était comme de demander au pape d'obéir à l'antéchrist... Sa pomme d'Adam monta et descendit, puis le gorille finit par articuler péniblement :

— OK, prince. On fera ce que ce monsieur nous dira.

La discipline avait pris le dessus. Le capitaine Penkowsky sourit et dit en anglais :

— Messieurs, je vous remercie de votre esprit de collaboration.

Il se leva. Malko le raccompagna jusqu'à la porte après qu'il ait serré la main des deux gorilles. Dans l'entrée, Penkowsky fit face à Malko, les traits tendus et demanda en russe d'une voix pressante :

— Çes hommes? Etes-vous totalement sûr d'eux?

— Que voulez-vous dire? s'étonna Malko.

— Etes-vous certain qu'ils ne prennent leurs instructions que de vous? Qu'ils vous obéiront?

— Je ne vois pas pourquoi ils ne m'obéiraient pas, objecta Malko. Que craignez-vous?

— Ce Volodia est un homme dangereux. Il veut assassiner Mr Silverman.

— Ecoutez, dit Malko, puisque le danger est si grand, pourquoi n'emmenez-vous pas Silverman tout de suite en Union Soviétique? Ce serait plus simple. Les Américains ne s'y opposent pas, et les Anglais seraient ravis.

Le capitaine Penkowsky hocha la tête.

— Je sais. Mais il ne peut pas quitter Londres.

— Pourquoi?

Les lèvres épaisses du Russe s'écartèrent en un sourire fataliste.

— Mr Silverman a des problèmes d'ordre privé qui le poussent à rester à Londres, au péril de sa vie, bien que le camarade-ministre l'ait mis en garde à plusieurs reprises.

Le KGB semblait merveilleusement renseigné sur la vie et la psychologie de Nicolas Silverman. Malko scruta le visage plat de son homologue. Il sentait que ce dernier ne lui disait pas tout ce qu'il savait.

— Il y a quelque chose que je ne comprends pas, dit-il. Je connais l'importance de Mr Silverman, mais, au cas où il disparaîtrait, quelqu'un pourrait signer à sa place... Son président ou son remplaçant...

Oleg Penkowsky regarda pensivement Malko.

— Théoriquement, oui, admit-il du bout des lèvres. Mais vous ne connaissez pas nos *apparatchiks*. Mr Silverman vient à Moscou depuis dix ans. Il les connaît tous par leur prénom, eux ont confiance en lui. Il est au courant de tout. Et surtout, ajouta-t-il, ils ont confiance en lui pour respecter l'esprit de cette négociation. Ils veulent se trouver en face de lui s'il y a un problème. Je suis certain qu'en cas de disparition de Mr Silverman, le Comité Central du Parti ne donnerait pas son accord pour la signature de ce contrat... Ou, du moins, que cela le retarderait considérablement, ce que nous ne souhaitons pas.

— Je vois, dit Malko. Je ferai de mon mieux pour que Mr Silverman reste en vie.

— Je n'en doute pas, dit le Russe chaleureusement.

Malko avait l'impression qu'il n'avait pas encore révélé le vrai motif de sa visite. Soudain, sentant que Malko allait prendre congé, Penkowsky se décida.

— Je peux vous parler?

— Bien sûr, dit Malko, de plus en plus intrigué.

— Le camarade-ministre serait très heureux que vous fassiez participer à la sécurité de Mr Silverman, la personne qui se trouve avec vous, Mr Krisantem.

— Je pense que si Mr Silverman ne s'y oppose pas, ce sera tout à fait facile, dit-il.

— Nous n'aimerions pas que Mr Davis soit au courant de cette suggestion, ajouta le Soviétique.

— D'accord, promit Malko.

Aussitôt le capitaine du KGB lui serra la main et s'éloigna dans le couloir.

Malko rentra dans la suite. Les gorilles lisaient les journaux, et il remarqua que le capitaine Penkowsky avait laissé son verre de vodka plein. Il fallait qu'il soit vraiment angoissé. Il regarda sa montre. Quatre heures et demie.

— Vous êtes prêts? demanda-t-il.

— On prend la boîte de sardines, demanda Milton. On tient à peine dedans, Chris et moi...

— Elle monte à 110 miles et elle est blindée, dit Malko pour leur remonter le moral.

— On n'est pas ici pour les 24 heures du Mans, laissa tomber Chris. Il y a aussi des Eldorado blindées où on peut étendre les jambes. Si on fait des planques avec cette tire, on sera paralysés...

— Chris, fit Malko, il faut vous plaindre à la Technical Division.

Au moment où il allait sortir, le téléphone sonna. Malko décrocha.

— Prince Malko Linge?

— C'est moi, dit Malko.

— Je vous passe Sir Bradley, fit la voix neutre.

Malko attendit, le cœur battant. La voix chaleureuse du Britannique résonna agréablement à son oreille.

— Je suis heureux de vous trouver là. Si vous n'êtes pas trop pris, pourquoi ne viendriez-vous pas prendre un verre à mon club, le *Garrick's,* vers sept heures?

— Avec plaisir, accepta Malko.

Il raccrocha. Décidément, les choses n'étaient pas aussi simples qu'elles le paraissaient... Après les Russes, les Anglais.

*
* *

— Bienvenue à Londres! Mr Davis m'a annoncé votre arrivée.

Nicolas Silverman avança, la main tendue, vers Malko. L'Américain était en bras de chemise, apparemment très détendu, les yeux bleus rieurs derrière ses lunettes d'écaille. Jovial, très « Teddy Bear », avec son visage un peu joufflu.

Malko balaya l'énorme living des yeux. Il y avait de l'acier partout, des tables de verre éclairées de l'intérieur, des toiles abstraites au mur. Il tomba en arrêt devant un objet insolite dans le décor élégant. Un paquet enveloppé de papier marron, posé sur une table en laque noire. Nicolas Silverman suivit la direction de son regard.

— Ah, vous regardez le « Christo »! dit-il en riant. Je ne l'ai pas acheté cher : six mille dollars. Ce type est bourré d'idées, vous savez, il emballe n'importe quoi, des lustres, des voitures, des montagnes. Il y en a une au Musée d'Art Moderne de New York... C'est un cadeau pour une amie.

Malko émit un grognement poli. Encore un qui avait pris les bornes de la connerie humaine à bras-le-corps pour les faire reculer un peu plus. Il y avait des tas de gens qui emballaient depuis des générations et ne s'étaient jamais retrouvés dans un musée.

— C'est très beau, fit-il. Qu'y-a-t-il à l'intérieur?

— Je ne sais pas, avoua Silverman. Si on le défait, on trouve une inscription qui dit : « Vous avez détruit l'œuvre de Christo. » Alors, il ne faut pas y toucher.

Il y eut un coup de sonnette. Malko pensa que c'étaient Chris et Milton qu'il avait laissés en bas pour ne pas faire invasion. Un maître d'hôtel, vieux et chauve, se précipita dans l'escalier. Malko se dit que Krisantem le remplacerait avantageusement.

— C'est mon amie, je crois, dit Nicolas Silverman d'un air ravi.

Malko eut un petit choc agréable en voyant entrer une jeune femme blonde, très élégante dans un strict tailleur de velours marron, éclairé par un chemisier à fleurs. Elle traversa la pièce d'une démarche dansante, sensuelle. Malko fut frappé par l'intensité du regard de ses yeux de fauve, presque de la même couleur que les siens. Elle avait un visage volontaire, carré, puissant, un mufle de fauve et un port de tête de reine. Elle s'arrêta en face de Malko avec un regard interrogateur.

— Le Prince Malko Linge. Miss Pamela Rice. Le Prince Malko est en affaires avec moi. J'ai peur que nous ayons à nous voir pas mal.

Pamela rit et se laissa tomber sur le divan.

— Excellent! J'espère qu'il aime danser.

Assise, elle se mit à observer Malko, faisant aller et venir ses ongles contre son bas. Le crissement fila directement dans sa colonne vertébrale. Pamela Rice ne semblait pas s'apercevoir du trouble qu'elle causait. Elle continua, ses yeux de fauve fixés sur Malko, comme pour lui décortiquer l'âme, ses longs cheveux dans la figure. La veste de son tailleur s'écarta, découvrant une petite poitrine, des épaules larges, une taille très fine, un ventre plat. Malko était fasciné par son magnétisme, en dépit de quelques détails masculins : les mains pas faites, une décision, presque une brusquerie dans les gestes.

Elle prit une *Rothmans*, et Nicolas Silverman traversa la moitié de la pièce en une fraction de seconde pour lui donner du feu.

— J'ai trouvé quelque chose pour toi, dit-il. Chez *Sothesby*. Il se retourna et prit le « Christo » sur la table.

Le visage de Pamela Rice s'éclaira.

— Oh, un « Christo »! Comme c'est gentil!

Elle se leva et vint embrasser Nicolas Silverman sur la bouche.

— Merci, mon chéri.

Il y avait à peu près autant de chaleur dans son baiser que dans le sourire d'une contractuelle... Malko se dit qu'il y avait des fessées qui se perdaient. Il se rappela la remarque du capitaine Penkowsky... L'Américain était visiblement fou de cette jeune femme. C'était peut-être la raison qui le retenait à Londres. Il la mangeait des yeux.

— Si tu n'es pas fatiguée, ma chérie, dit-il d'une voix hésitante, nous pourrions dîner chez *Annabel's*.

Pamela Rice eut une moue indifférente.

— Si tu veux. Mais alors, je vais me changer. Je serai là vers neuf heures.

Elle se leva, embrassa Nicolas Silverman et tendit la main à Malko. Il se dit qu'elle réussissait à avoir l'air salope sans ressembler à une putain.

Difficile.

Nicolas la raccompagna jusqu'au rez-de-chaussée et réapparut, dégoulinant de joie.

— C'est une fille fantastique, fit-il avec chaleur.

— Superbe, approuva Malko. Est-elle au courant de vos... problèmes?

L'Américain secoua la tête.

— Pas entièrement. Mais elle était là l'autre soir, quand le chien...

— Je vois.

Il observait le Texan. Peu à peu, ce dernier changeait, ses yeux bleus avaient pris une expression plus dure, il faisait beaucoup moins « Teddy Bear ».

— Avez-vous une idée des raisons pour lesquelles on veut vous intimider?

Nicolas Silverman secoua la tête.

— C'est assez confus. L'homme qui m'a téléphoné a parlé d'une organisation d'émigrés antisoviétique, m'a reproché de vouloir augmenter le potentiel militaire des Russes. Au début, il n'était pas vraiment agressif. Puis, quand je lui ai fait comprendre que je n'avais pas l'intention de tenir compte de ses avis, il est devenu plus menaçant. Mais je le prenais encore pour un fou, agaçant mais pas très dangereux, lorsqu'il y a eu l'incident du chien. Il m'attendait pour me tuer, j'en suis sûr. Avec une grenade ou quelque chose comme ça, puisque l'animal a été déchiqueté.

Il soupira avec un demi-sourire.

— Alors, maintenant, je sais que c'est sérieux.

— Pourquoi ne partez-vous pas tout de suite? A Moscou, vous seriez en sécurité...

Nicolas Silverman sourit, une curieuse lueur dans ses yeux bleus.

— Je tiens beaucoup à fermer ce *deal*. J'y ai travaillé pendant des années, cela a été un cauchemar parfois. J'ai été des dizaines de fois à Moscou. Mais il y a quelque chose auquel je tiens encore plus.

— Miss Rice?

— Exact. Je ne veux pas la laisser en ce moment. Dès que je le pourrai, j'irai à Moscou. De cette façon, j'arriverai, peut-être, à gagner sur les deux tableaux.

— Ou à perdre.

Nicolas Silverman fit tourner ses glaçons dans son verre de scotch.

— *So what?* Quelques secondes difficiles à passer. A quoi bon l'argent si je ne suis pas bien dans ma peau? Je suis à moitié russe, vous savez. Alors, *nitchevo*!

Malko réfléchissait. Réalisant que le Texan ne mesurait pas l'étendue du danger, il se décida d'un coup.

— Mr Silverman, dit-il, c'est encore beaucoup plus sérieux que vous ne le pensez...

Avec le maximum de détails, il entreprit de lui raconter ce qu'il savait de l'association Théodore Ward-Léonid Volodia. Lorsqu'il eut fini, le Texan secoua la tête.

— Je vous remercie de m'avoir prévenu. Mais je ne changerai pas mes plans. J'espère que votre protection sera efficace. Avez-vous d'autres questions à me poser?

Malko resta silencieux quelques secondes. Mais il n'y avait rien à faire.

— Il y a longtemps que ces menaces ont commencé?

Le Texan fronça les sourcils.

— Six semaines environ. Quand les Soviétiques m'ont informé que toutes les questions de principe étaient réglées.

— Donc, conclut Malko, ceux qui vous menacent étaient informés...

Le Texan secoua la tête.

— Oh, vous savez, ce n'est pas secret. Beaucoup de gens sont au courant. Dans toutes les sphères du gouvernement.

Malko réfléchissait. Avec une impression de malaise.

— Quelle est la position de l'Administration?

— Le nouveau président est ravi. J'ai eu des entretiens à Washington il y a un mois. Cela va dans le sens qu'ils souhaitent. Les banques sont pour aussi. Cela leur permet d'utiliser les pétrodollars en prélevant un intérêt au passage.

— Vous voulez dire que les dollars saoudiens vont servir à développer la Mer Noire?

— C'est à peu près cela, sourit Silverman.

— Bien, dit Malko. Nous allons, en collaboration avec les gens du KGB organiser votre protection permanente et, disons, rapprochée. J'ai, avec moi, un homme de toute confiance, un Turc qui est également un excellent maître d'hôtel. Verriez-vous un inconvénient à ce qu'il remplace provisoirement le vôtre? Je serais plus tranquille.

— Pas du tout, fit Nicolas Silverman. Vous pouvez me l'envoyer tout à l'heure, il s'installera en haut. James va être ravi de prendre des vacances.

— Parfait, approuva Malko. Autre chose. Vous comprenez que c'est ici que vous êtes le plus en sécurité. Il faudrait sortir le moins possible...

Nicolas Silverman se ferma d'un coup.

— Pamela adore sortir, alors...

Malko n'insista pas.

— Je pense que vous ne voyez pas d'inconvénient à ce que je vienne avec vous ce soir. J'ai une amie avec moi...

— Elle est la bienvenue, affirma chaleureusement Nicolas Silverman. Retrouvons-nous ici vers huit heures pour boire un peu de champagne.

— Vous êtes armé? demanda Malko.

Le Texan secoua la tête :

— Non, je ne sais pas me servir d'une arme.

Pour sa part, Malko avait glissé dans la poche de son manteau le Hi-Standard, une balle dans le canon. Et les deux gorilles veillaient dans l'Austin. Il regarda discrètement sa montre. Juste le temps de faire un saut au *Garrick's Club* voir ce que voulait Sir Maurice Bradley.

***

Lorsque le taxi stoppa devant un vieil immeuble aux pierres noirâtres, au milieu d'une rue populeuse, Malko crut d'abord qu'il s'était trompé. Pourtant, il était bien dans Garrick Street. Il descendit. Pas la moindre plaque indiquant le Club, pas le moindre signe. Il poussa la porte vitrée du numéro 18 et se trouva dans une petite entrée dominée par un énorme escalier en haut duquel se trouvait une statue de Rodin. Un portier galonné s'approcha.

— Sir, ceci est un club privé.

— J'ai rendez-vous avec Sir Bradley, dit Malko.

— Ah, effectivement, Sir Maurice m'a prévenu, Sir. Il vous attend dans la *morning-room* [1], à gauche de l'escalier. *Have a good evening,* Sir [2].

Malko passa devant la statue de Rodin, débouchant dans une salle immense aux murs de velours vert passé où étaient accrochés des dizaines de portraits à l'huile. Il aperçut Sir Maurice Bradley enfoncé dans un fauteuil, un verre devant lui. Le Britannique lui adressa un signe amical.

— Bienvenue au *Garrick's,* dit-il.

— Je suis flatté d'être ici, dit Malko.

Le Britannique eut un petit sourire.

— Oh, la décoration aurait besoin d'être refaite. Mais il faudrait enlever tous ces portraits. Or, ils ont été peints par Sir John Zoffanny, le fondateur de ce club. C'est délicat.

— En effet, admit Malko. Mais nous sommes bien dans la *morning-room,* ici?

— Exact, sourit Sir Bradley, mais nous ne l'utilisons que le soir.

Les Clubs anglais étaient pleins de ces petits riens mystérieux qui en faisaient le charme. Avec ses cent trente-quatre ans de traditions, le *Garrick's* en avait accumulés pas mal. Malko commanda une vodka et regarda autour de lui.

La *morning-room* était très animée, il y avait même des femmes. Sir Maurice se gratta discrètement la gorge.

— Je suis content que vous soyez venu, dit-il, parce que je crois que j'ai une petite information qui peut vous intéresser. J'ai demandé

[1] Pièce du matin.
[2] Passez une bonne soirée, Sir.

à notre section en charge des problèmes intérieurs, le M. I. 5, le dossier de ce Volodia. Bien entendu, ils le connaissaient.

— Ah bon, dit Malko, en éveil.

— Oui, continua Sir Bradley d'un ton détaché. Il semble avoir eu des relations suivies avec une jeune femme dont le M. I. 5 a pu retrouver la trace. Une certaine Mandy Keeler. Une cover-girl.

Malko ne respirait plus. Le patron du M. I. 6 était en train de lui apporter la tête de Leonid Volodia sur un plateau d'argent. De nouveau, c'était incompréhensible... Automatiquement, il dit :

— Mr Davis va être extrêmement satisfait de cette information...

Sir Maurice prit le temps de boire un peu de *J & B* avant de répondre, de la même voix posée.

— Je pense que vous pourriez l'utiliser vous-même. Mr Davis sera, à cause de sa fonction, obligé de passer par le M. I. 5. Cela retardera les choses. Voici le nom et l'adresse de cette personne.

Il poussa vers Malko une carte. Ce dernier l'empocha sans même la regarder, de plus en plus perplexe.

Si Théo Ward était vraiment acoquiné avec Leonid Volodia, s'approcher de cette fille était aussi dangereux que de plonger la main dans un nid de cobras...

Mais la question numéro 1 restait sans réponse. Il leva les yeux sur le Britannique.

— Sir Maurice, demanda-t-il, pourquoi me donnez-vous à moi, ce renseignement?

Le chef du M. I. 6 le fixait d'un air amusé et complice.

— Mon cher, dit-il, vous connaissez le proverbe allemand : *Nachrichtendienst ist Herrendienst...* [1]

Malko sourit en retour. Persuadé que le Britannique avait en tête plus qu'une boutade.

[1] L'Espionnage est un métier de seigneur.

CHAPITRE VI

La comtesse Alexandra est venue à Londres avec moi, dit Malko à Nicolas Silverman.

— Elle a bien fait, fit chaleureusement le Texan.

Il prit la main tendue mais ne la baisa pas. Peut-être à cause du regard inquisiteur posé sur la nouvelle venue par Pamela Rice, déjà installée sur le canapé.

Alexandra était éblouissante. Une robe de jersey de soie mauve découvrant une épaule moulait son corps provoquant comme un gant indécent, le chignon était insolemment blond, la lèvre inférieure juste ce qu'il fallait de dédaigneux. Malko se sentait bien en smoking. De plus, le Hi-Standard était parfaitement dissimulé sous l'épaisse ceinture de soie.

Nicolas Silverman s'approcha d'Alexandra avec un magnum de Dom Pérignon.

— Nous allons boire à votre séjour à Londres, dit-il.

La jeune comtesse autrichienne sourit. L'ambiance du living était feutrée, agréable, cosy, la musique doucement diffusée par des haut-parleurs invisibles. Pamela Rice, arrivée quelques minutes plus tôt, arborait un chemisier de tulle noire rehaussé de dentelles dorées au travers desquelles on faisait plus que deviner sa poitrine. La longue jupe de panne de velours moulait une taille minuscule et des hanches à peine trop épanouies. Ses yeux jaunâtres s'étaient posés sur Alexandra avec la prudence d'un fauve en découvrant un autre.

« Poum »!

L'explosion se produisit derrière le dos de Malko.

Malgré lui, celui-ci se retourna d'un bloc, le cœur arrêté. C'était seulement le bouchon du Magnum de Dom Pérignon! Furieux contre lui-même, il s'approcha de la fenêtre.

Il aperçut la mini des deux gorilles et plus loin, une grosse chose noire qui ressemblait à une Packard enceinte des années 50... Ce devait être, la Tchaika des Russes.

Il se retourna au moment où une nouvelle venue pénétrait dans le living, poussée plutôt qu'introduite par Krisantem, qui avait le sens des convenances.

Une grande brune un peu forte, de type méditerranéen, avec un visage sensuel, poupin et vulgaire, écrasé par un grand chapeau de feutre noir plutôt bizarre et une jupe noire fendue devant si haut qu'on voyait pratiquement son ventre dès qu'elle bougeait. Avec en plus des mains de bonne. Le genre de créature qu'un homme bien né rentre à la rigueur, mais ne sort pas. Nicolas Silverman se précipita et annonça à la cantonade :

— Zina Sabet, une amie libanaise. Elle finit ses études de pharmacie à Londres.

Le même mépris sidéral émanait de Pamela Rice et d'Alexandra. Malko ne comprenait plus.

Nicolas Silverman, après l'avoir abreuvée,

s'approcha de Malko, sentant la réticence générale.

— J'ai invité Zina parce qu'il est possible que le capitaine Penkowsky se joigne à nous. C'est une fille très gentille, très gaie.

— Elle semble charmante, assura poliment Malko.

Silverman sortit du living.

Malko allait retourner près d'Alexandra lorsque Pamela Rice lui tendit un verre ballon vide.

— Vous voulez me donner un peu plus de vin rouge?

Malko trouva la bouteille au bar. Mercurey 1963. Nicolas Silverman savait vivre.

— J'adore le vin rouge, dit Pamela Rice. Avec un rire curieux qui se terminait comme une sorte de reniflement.

Elle se calma et demanda tout à coup :

— Comment trouvez-vous cette fille?

— Brune, dit Malko.

Pamela Rice eut un sourire au vitriol.

— C'est une pute. Elle sort avec Nicolas parce qu'il lui paie ses études. Elle couche avec lui de temps en temps, je n'aime pas qu'il nous mélange. J'ai déjà assez mauvaise réputation à Londres... A moins qu'il n'ait voulu vous faire plaisir.

— Je suis accompagné, souligna Malko.

Pamela rit.

— Vous savez, ces choses-là ne sont pas coulées dans le bronze.

— Je suis fiancé avec Alexandra, précisa fermement et courageusement Malko.

— Et vous habitez chez vos parents...

Ils n'eurent pas le loisir de continuer cette intéressante conversation. Nicolas Silverman, réapparu, venait de frapper dans ses mains.

— Allez, on y va.

Il vint chercher Pamela par la main et l'aida à enfiler son manteau de lynx. Puis, ils descendirent tous le grand escalier. Malko s'approcha le premier de la porte après avoir mis sa pelisse. La nuit était fraîche. En le voyant, Chris Jones s'extirpa péniblement de l'Austin, ainsi qu'un des Russes de la Tchaika.

— Nous allons chez *Annabel's*, dit Malko. Berkeley Square, si on se perdait.

— OK, fit le gorille. N'importe quoi sera mieux que cette tire. On s'est organisé avec les Ivans. Ils sont sympas.

— Vous voyez, dit Malko.

Pamela Rice s'approcha de lui.

— Malko, cela vous ennuie de conduire ma voiture. Je n'aime pas conduire la nuit, et Nicolas a horreur de tenir un volant.

— Pas du tout, dit-il.

Elle lui tendit les clefs.

— Parfait. Venez, elle est là.

Malko la suivit et découvrit un monstre bordeaux, de la taille d'un petit autobus, garé vingt mètres plus loin. Une Rolls Royce Phantom VI : le modèle utilisé par la reine d'Angleterre pour les défilés. Malko s'installa derrière le volant, humant avec joie l'odeur du vieux cuir. Mourir dans une Rolls, ce n'était pas tout à fait mourir. Alexandra se glissa aussitôt à côté de lui tandis que Nicolas prenait place à l'arrière entre Pamela et la Libanaise. L'Américain semblait très gai.

— Chauffeur, chez *Annabel's*, cria-t-il.

— Nicolas!

La voix de Pamela aurait coupé un rasoir. Penaud, l'Américain bredouilla une excuse. Malko démarra doucement, surveillant dans le rétroviseur les deux voitures qui le suivaient. L'ambiance lui faisait oublier le danger, entre les gorilles et les hommes du capitaine Penkowsky. Il fit un effort pour penser aux mortels gadgets de Théo Ward. Il tourna dans Grosvenor Place, afin de retrouver Mayfair par Hyde Park Corner. Il n'y avait pas plus de cinq cents mètres.

Comment allaient-ils se manifester? Volontairement, il s'efforça de conduire doucement, une main posée sur la cuisse d'Alexandra. Celle-ci se rapprocha de Malko, et sa main effleura sa ceinture. Elle sursauta :

— Pourquoi es-tu armé?

— Parce qu'il le faut, dit Malko.

Alexandra s'écarta. Glacée. De nouveau, elle touchait du doigt ce côté de Malko qui l'irritait et la terrifiait à la fois. Dont elle avait été victime une fois, en Autriche. Une ombre qui était toujours restée entre eux, même si l'homme qu'elle avait connu était mort par la suite.

— Je vais rentrer en Autriche, dit-elle, je ne veux pas rester ici.

Malko se tourna vers elle :

— Tu as peur?

Elle secoua la tête, regardant un gros bus rouge en train de tourner, dans Piccadilly.

— Non, je ne veux pas te voir mourir. Si cela se passe, il vaut mieux que cela soit loin de moi. C'est égoïste, n'est-ce pas?

Malko ne répondit pas. Il pensait rarement à sa propre mort. Machinalement, il modifia la position du pistolet sous sa ceinture de smoking. Dans le rétroviseur, il croisa le regard de fauve à l'affût de Pamela Rice, la main dans celle de Nicolas Silverman. Dix minutes plus tard, la Rolls s'arrêta devant le dôme de toile verte qui menait au sous-sol abritant *Annabel's*. Chris avait son manteau sur le bras, dissimulant le « Mafia Special ». Discrètement, Malko appuya sur le bouton de l'accoudoir gauche qui bloquait toutes les portières. Le « clic » fut perçu par Pamela.

— Eh, vous nous enfermez! dit-elle en riant.

— Une seconde, dit Malko.

Il attendit que les gorilles et les Russes soient sortis de leurs véhicules pour débloquer les portières. Les quatre Soviétiques portaient « l'uniforme » du KGB : chapeau de feutre à petit bord et imperméable bleu marine.

Nicolas Silverman s'engagea dans l'escalier, encadré par les six hommes.

***

Pamela Rice ondulait toute seule sur la banquette, au rythme de la musique de Stevie Wonder. Mangée des yeux par un des occupants de la table voisine, un homme jeune, très brun, qui n'arrêtait pas de rire tout haut, de bouger, de claquer les cuisses de sa voisine. Posant sans cesse son regard sur Pamela. Fasciné. Elle se tourna vers Malko.

— Vous me faites danser?

Le Dom Pérignon coulait à flots depuis le début de la soirée. *Annabel's* était bourré à craquer. Des dizaines de couples attendaient aux deux bars et dans le petit salon, en face du second bar. Ce n'était pas une discothèque à proprement parler, mais plutôt un restaurant où on pouvait danser, tout en longueur, décoré dans un style volontairement rétro.

Malko suivit Pamela jusqu'à la piste en contrebas, laissant Nicolas Silverman aussi triste que la photo du cocker suspendue au mur au-dessus de lui. Le capitaine Penkowsky ne s'était pas montré, et ils étaient à l'aise dans le box prévu pour six.

Au moment où ils descendaient les deux marches conduisant à la petite piste bordée de banquettes et de boxes, la musique changea brusquement. La voix rauque et sensuelle de Donna Summer fit passer un frisson dans toutes les colonnes vertébrales.

Pamela Rice noua avec souplesse ses bras autour de la nuque de Malko et appliqua son bassin contre lui des hanches jusqu'aux genoux. Il sentait l'os proéminent de son pubis. Elle bougeait à peine. Malko se dit que Nicolas Silverman allait le tuer, s'il les voyait.

Comme si elle avait deviné ses pensées, Pamela Rice lui souffla à l'oreille, calmement :

— Ne vous faites pas d'illusions, je danse de cette façon-là avec tous les hommes.

D'une façon à se faire violer sur les coussins bordant la piste. Elle replongea la tête dans son cou, bien incrustée contre lui, lui caressant doucement le dos du bout des doigts. Pour ne pas trop mal se conduire, Malko essaya de penser à autre chose en examinant la salle. La protection était parfaitement répartie, deux Russes se trouvaient dans un box à l'intérieur de l'enceinte de la piste de danse, et deux autres à l'extérieur, contrôlant l'allée centrale et le box où se trouvait le Texan.

Chris Jones se tenait au bar, le « Mafia Special » dissimulé sous une veste volontairement ample. Milt Brabeck s'était installé dans le petit salon, en face de l'autre bar. Il aperçut Nicolas Silverman qui se dirigeait vers la piste escortant la pulpeuse Zina... Alexandra restait seule à la table.

De toute la soirée, elle n'avait pas adressé la parole à Malko, buvant du Dom Pérignon comme du lait.

L'Américain commença à danser à côté d'eux après avoir lancé un regard langoureux à Pamela. Celle-ci, la tête haute, incrustée contre Malko au point qu'il pouvait compter ses os, continuait à onduler, sur place, bercée par les halètements rauques de Donna Summer qui entamait son dix-septième orgasme... Tous les couples dansaient de la même façon autour d'eux.

Les haut-parleurs continuaient à vomir des orgasmes hautement communicatifs. Nicolas Silverman les yeux noyés s'accrochait à Zina la Libanaise comme s'il voulait l'imprimer contre lui. Malko réalisa qu'elle devait lui appliquer le même traitement que Pamela. Le « pitre » de la table voisine avait rejoint la piste, enroulé autour d'une grosse rousse dont il pétrissait les fesses. Tout en jetant des œillades énamourées à Pamela Rice.

Tout à coup, Nicolas Silverman n'y tint plus. Se rapprochant de Malko, il lui tapa sur l'épaule.

— C'est le moment de changer de cavalière, comme au *square dance*...

Malko aurait eu mauvaise grâce à refuser. Il se décolla de Pamela et accueillit Zina.

En vingt secondes, il fut fixé. A part le fait qu'on sentait moins ses os, elle dansait exactement de la même façon que Pamela Rice. Plus molle, plus abandonnée encore.

La bouche contre l'oreille de Malko, elle demanda d'une voix alanguie et basse, confidentielle :

— Vous êtes un ami de Nicolas?

— Pas exactement, avoua Malko, nous nous connaissons assez peu. Je suis venu à Londres pour une réunion de travail avec lui.

— Ah bon, fit Zina. C'est passionnant, j'adore les hommes d'affaires, les gens qui voyagent beaucoup. Moi, je termine mes études de pharmacie. Mais ce n'est pas drôle.

— Vous n'avez pas l'air de trop vous ennuyer, remarqua Malko.

Elle soupira.

— Oh! je ne connais pas grand-monde à Londres et j'aime m'amuser. Nicolas me sort de temps en temps, quand il se dispute avec Pamela.

— Ce soir, il ne se dispute pas, remarqua Malko.

Zina retroussa ses grosses lèvres épaisses en un sourire ambigu :

— Non, mais il ne doit pas être sûr de faire l'amour avec elle. Alors, il m'a demandé de venir quand même. Elle est très fantasque, vous savez. Elle le fait marcher comme ce n'est pas possible. Alors, il est souvent content que je sois là.

Malko s'écarta d'elle, étonné :

— Mais cela ne vous fait rien de venir en second?

La Libanaise secoua ses cheveux noirs.

— Oh vous savez, je suis moins jolie que Pamela, je ne fais pas partie de la « jet-society » comme elle, alors... Nicolas est très gentil avec moi. C'est ce qui compte.

Donna Summer continuait inlassablement son parcours érotique. Sur la piste, les femmes s'amollissaient de plus en plus. Malko se maintenait près de Nicolas Silverman, surveillant les autres danseurs, par-dessus les cheveux noirs de la Libanaise. Tous les clients d'*Annabel's* étaient à peu près ivres-morts. Il se dit que le Texan avait une vie bien compliquée. Et que Pamela Rice semblait une salope comme on en rencontre peu, même dans les meilleures *Finishing Schools*.

Quant à Zina, c'était une fille facile comme on en rencontre dans toutes les capitales.

Pour l'instant, elle frémissait contre Malko. Il faut dire que Donna Summer se surpassait. Soudain sa bouche remonta jusqu'à celle de Malko, recouvrit la sienne. Une langue chaude et pointue cogna ses dents, s'infiltra. La pression contre son bassin se fit plus forte. Zina frémit comme si elle recevait une décharge électrique, sa poitrine épanouie écrasée contre l'alpaga de Malko.

Quand celui-ci reprit son souffle, la première chose qu'il vit fut Alexandra en train de se lever avec l'expression aimable d'un rhinocéros dérangé dans sa sieste.

Ensuite, il croisa le regard ironique des yeux jaunes de Pamela Rice, qui semblait s'intéresser plus à lui qu'à son danseur.

Les Russes et Chris Jones, appuyés au bar, veillaient toujours au grain. Lâchant Zina avec un sourire d'excuse, il se faufila à travers les tables. Alexandra était déjà à la hauteur du bar. Il bouscula une duchesse emperlousée qui lui jeta un regard énamouré et rattrapa la jeune femme au moment où elle poussait les battants de bois, style saloon du Far West, sous l'œil goguenard de Chris Jones. Malko lui prit le bras, la forçant à se retourner. Ses yeux gris semblaient des billes d'acier.

— Laisse-moi!

Elle souriait aimablement, mais sa voix était coupante et dure.

— Reviens à la table, dit-il, tu sais que je ne peux pas bouger d'ici.

La dame du vestiaire se mit à farfouiller parmi les manteaux. Malko se planta entre le vestiaire et Alexandra :

— J'ai envie que tu restes, dit-il, j'ai envie de faire l'amour avec toi ce soir.

C'était ce qu'il ne fallait pas dire.

— Tu le feras avec cette grosse truie, en pensant à moi, siffla Alexandra. Elle te léchait le visage comme un chien. Tu n'es pas dégoûté. Maintenant, laisse-moi...

Elle se glissa gracieusement dans son manteau de panthère. Au moment où Milton Brabeck surgissait, inquiet.

— Vous partez?

— Non, non, dit Malko. Je regarde un peu ce qui se passe ici.

Malko comprit qu'il ne retiendrait pas Alexandra. Il remonta avec elle sur le trottoir. Une nouvelle fois, la CIA lui arrachait un morceau de lui-même.

— Tu vas à l'hôtel? demanda-t-il.

Elle le toisa, folle de rage.

— Oui, mais je te jure que s'il y a un homme bien dans le hall, je lui demande de monter avec moi.

Elle monta, sans l'avoir embrassé, dans le taxi que venait de siffler le portier. Il regarda le véhicule tourner autour de Berkeley Square, le cœur serré. Quand est-ce qu'il connaîtrait la paix?

Il hésita quelques secondes sur le trottoir, énervé et furieux. Avec une immense envie de plaquer Nicolas Silverman et ses problèmes pour aller violer Alexandra. Mais la conscience professionnelle fut la plus forte. La plaque de cuivre du *Clermont Club* qui occupait le rez-de-chaussée et le premier étage de l'immeuble attira son regard. Un peu de jeu lui changerait les idées. Pour l'instant, Silverman était bien gardé.

Son smoking et son allure impressionnèrent

favorablement le portier car il se retrouva devant une table de roulette au premier.

Tirant cent livres de sa poche, il les jeta au croupier, prit des jetons et misa le 7.

La croupière en robe longue bleue poussa ses jetons avec un sourire commercial.

La boule tourna, rebondit, tomba dans le 4, puis dans le 20 et s'immobilisa dans le 7. Malko éprouva un petit picotement agréable dans la poitrine. La croupière poussa devant lui trois plaques de mille livres et six de 100. Une petite fortune.[1]

— Heureux au jeu...

Un bras se glissa sous le sien, une bouffée de parfum frappa ses narines, et il se trouva devant les yeux jaunes et rieurs de Pamela Rice, la hanche appuyée contre la sienne. Presque brutalement, elle demanda :

— Vous avez le cafard?

— Pourquoi? interrogea Malko, gêné et agacé.

— Parce que votre petite amie est partie en claquant la porte... Vous aviez l'air bouleversé. Elle ne devrait pas être jalouse de Zina. Moi, quand je n'ai pas envie, je laisse Nicolas sortir avec elle. Il paraît qu'elle en vient à bout en cinq minutes. Elle eut un rire de gorge. Elle devrait me donner la recette, pour les jours où je me sens paresseuse...

Elle rit à gorge déployée. Un rire sain et animal. Où était la fameuse réserve britannique... Malko préféra changer de conversation.

— Vous êtes venue jouer?

Pamela secoua la tête.

— Non, je m'ennuyais. Nicolas ne sait pas danser et nous nous sommes disputés.

[1] Environ 3 600 000 anciens francs.

— Pourquoi? demanda Malko en mettant 100 livres sur le 7.

— Oh, toujours le même problème. Il ne pense qu'à une chose... Je suis contente de vous avoir trouvé ici, dit-elle soudain. J'avais envie de parler. Vous n'êtes pas comme les gens que je vois toujours avec Nicolas. Des businessmen, pas drôles. Des gens dont on a fait le tour en dix secondes.

— Merci, dit Malko.

Le 0 venait de sortir. Il remit une plaque de 500 livres sur le 7. Ce qui était une folie. Il n'avait pas les moyens de jouer aussi cher. Toujours accrochée à son bras, Pamela dit sans le regarder :

— Il y a quelque chose qui me fait rêver. J'aime votre façon de marcher, de regarder une femme. Vous n'êtes pas vraiment civilisé, mais vous êtes bien élevé. C'est un mélange attirant pour une femme.

Elle se tut brusquement. La boule atterrit dans le 13.

— Vous avez perdu, fit-elle, presque avec joie.

Il croisa son regard. A sa fixité et à son éclat, il se rendit compte qu'elle avait beaucoup bu. Soudain, elle tendit la main.

— Donnez-moi une plaque. J'ai envie de jouer.

Elle la jeta sur le 0, et Malko remit la sienne sur le 7.

C'est le 32 qui sortit. Ils rejouèrent. En dix minutes, Malko se retrouva sans rien. Pamela rit, laissant aller sa tête sur son épaule.

— Vous allez être très heureux en amour ce soir! Je vous avais dit que Nicolas avait eu raison d'inviter Zina. Allez, venez, sinon Nicolas va croire que vous êtes en train de me violer debout contre le mur.

Elle quitta son bras et se dirigea vers la porte. Malko suivit, furieux et frustré. Sans elle, il aurait peut-être eu la sagesse de garder quelques plaques pour arranger la plomberie de son château.

*
* *

Nicolas Silverman clignait des yeux derrière ses lunettes comme un hibou surpris par la lumière. Il se leva pour accueillir Pamela avec un sourire qui ressemblait à une grimace.

— Tu as envie de rester encore? demanda-t-il.

— Oui, fit Pamela d'une voix décidée. Commande du champagne, celui-ci est tiède.

Nicolas Silverman sembla se tasser sur lui-même. Visiblement il n'avait qu'une idée : emmener Pamela, mais il ne protesta pas. *Annabel's* était toujours aussi plein en dépit de l'heure tardive. Malko échangea un regard avec Chris Jones toujours accroché à son bar. Le gorille parut soulagé de le revoir. A la table voisine le « pitre » dansait tout seul, claquant dans ses mains, cherchant à attirer l'attention des deux femmes. Zina était toujours à la même place, pleine de langueur. Pamela se leva pour aller aux toilettes. Un peu plus tard Nicolas se pencha vers Malko.

— Où étiez-vous passé?

A son intonation, Malko se dit qu'il ne devait pas avoir une confiance sans limite dans sa douce fiancée.

— Au *Clermont*, dit Malko. J'y ai rencontré Miss Rice.

Celle-ci revenait et entendit la fin de la conversation.

— Je croyais que tu n'aimais pas jouer, s'étonna Nicolas.

Pamela Rice tendit son briquet à Malko pour qu'il lui allume sa cigarette.

— Il y a des moments, si.

Elle ne précisa pas que c'était avec le feu.

*
* *

Malko refrénait une irrésistible envie de flanquer une monumentale fessée à Pamela Rice, qui s'accrochait à sa banquette, comme un coquillage à son rocher.

Le quatrième magnum de Dom Pérignon achevait de se vider. Nicolas et Pamela buvaient comme des trous. Malko modérément. Ses yeux commençaient à le piquer et la situation à l'exaspérer. Il n'allait quand même pas mener cette vie idiote jusqu'à ce que Nicolas Silverman parte pour Moscou. Il était furieux de l'incident Alexandra. La hanche élastique de Zina la Libanaise s'appuyait contre la sienne sans équivoque. Il sentait le regard ironique de Pamela posé sur lui, et ça l'agaçait. La jeune femme avait ôté ses chaussures, replié ses jambes sous elle et flirtait ostensiblement avec Nicolas. Celui-ci avait remonté la jupe de velours noir bien au-dessus du genou, découvrant les cuisses de Pamela Rice jusqu'à l'attache d'une jarretelle fuchsia. Le garçon brun de la table voisine en oubliait de faire le pitre. Quant à Nicolas Silverman, il n'avait même plus envie de partir. Heureusement, l'absence presque totale d'éclairage permettait pas mal de libertés. Les piliers en acier poli avaient beau refléter la lueur des lampes vertes posées sur les tables, on ne distinguait des gens que des visages et des silhouettes imprécis.

Pamela Rice dégagea une de ses mains posée

sur les genoux de Nicolas Silverman, le temps de prendre une cigarette. Un garçon en veste blanche, bâti comme un joueur de rugby, chauve comme une boule de billard, surgit de la pénombre pour vider les cendriers, mais parut ignorer la cigarette non allumée au bout des doigts de Pamela Rice. Choqué par ce manque d'égard, Malko se coucha pratiquement sur la table pour offrir son briquet à Pamela. Il était fatigué.

A l'autre bout de la salle, Chris Jones s'accrochait au bar pour ne pas tomber. Le gorille n'était pas un habitué des discothèques et n'osait pas commander un verre de lait.

Nicolas Silverman étendit à son tour la main vers le paquet de cigarettes et en prit une. Cette fois, le garçon chauve qui était resté debout près du pilier d'acier limitant un box s'approcha et s'inclina au-dessus du Magnum de Dom Perignon, un briquet à la main.

— Vous n'avez pas envie de danser?

Zina penchait sa tête vers Malko avec un regard énamouré. Moite de soumission anticipée.

Malko, las d'assister à l'exhibition de Pamela, allait dire « oui » quand une angoisse brutale lui noua l'estomac. En se penchant, le garçon s'était exposé à la lumière de la lampe verte. Malko fut frappé par les sourcils noirs très fournis, le nez busqué et épais.

Nicolas Silverman, sans retirer sa main de la cuisse de Pamela, avança le visage vers le serveur respectueusement penché vers lui, une main derrière le dos, l'autre tenant le briquet.

Pendant une fraction de seconde, le cerveau de Malko travailla comme un ordinateur, rassemblant des éléments épars : un visage qui lui rappelait quelque chose, l'impolitesse précédente du garçon, sa main crispée derrière son dos, les muscles de sa mâchoire contractés. Soudain, repoussant Zina, Malko se dressa :

— Nicolas, attention!

L'Américain, surpris, tourna la tête vers lui. Le cri de Malko n'avait pas dépassé la table, noyé dans la musique. D'une détente de tous ses muscles, il plongea vers le garçon en veste blanche. A cause de la table, il ne put que le bousculer, lui faisant perdre l'équilibre. Il tomba en arrière, essaya de se raccrocher à la nappe, mais s'étala entre les deux tables. Les occupants de l'autre table regardaient la scène, bouche bée. Leur étonnement se changea en stupéfaction lorsqu'ils virent Malko bondir sur la table, et, de là, se jeter sur le garçon en train de se relever!

Ce dernier n'avait pas lâché son briquet. Les traits crispés de fureur, il ressemblait à un dessin de gravure chinoise, avec ses énormes sourcils et son crâne lisse.

— Malko! cria Pamela.

Malko venait de saisir le poignet du garçon à deux mains et tentait de lui faire lâcher son briquet.

Il hurla.

— Chris!

Tournant son regard vers le bar, il s'aperçut que le gorille avait disparu! Une série de slows venait de se terminer, et un flot de danseurs s'écoulait de la piste, cachant la bagarre aux quatre Russes du KGB. Provisoirement, Malko n'avait qu'à compter sur lui-même.

A peine debout, le garçon lui envoya un violent coup de poing qui l'atteignit sur le côté de la mâchoire. A son tour, il tituba, parvint jusqu'à la table voisine. Une femme poussa un cri aigu, et l'ivrogne qui avait fait le pitre, ravi de trouver une occasion de se mettre en valeur, se précipita pour séparer les deux hommes.

— Aidez-moi, cria Malko.

Il continuait à tordre le poignet du garçon, sans parvenir à lui faire lâcher le briquet. Son pistolet, coincé dans la ceinture de son smoking, lui était inutile. Le « pitre » tenta d'abord de les séparer, interpellant Malko.

— Calmez-vous! Ce n'est pas grave.

Comme Malko ne répondait pas, il s'attaqua bravement à son adversaire, tentant de le ceinturer par derrière. Mais le garçon en veste blanche était beaucoup trop lourd et il ne parvenait qu'à sautiller grotesquement derrière lui. Il le lâcha alors, le contourna et tenta de lui lancer un coup de poing. Il n'atteignit que l'épaule et un coup de coude le plia en deux. Comme il essayait courageusement de revenir à l'assaut, la main du garçon tenant le briquet le frappa en plein visage, et il recula, s'effondrant sur sa chaise. Dégoûté.

Nicolas Silverman suivait la bataille avec des yeux ronds, se demandant si Malko n'était pas devenu subitement fou. Ayant vaguement aperçu le remue-ménage de son pupitre du milieu de salle, le maître d'hôtel accourait. Malko comprit que, dans la confusion, son adversaire risquait de retrouver l'avantage. Empoignant de la main droite le magnum de Dom Pérignon, il l'arracha du seau à glace. De la main gauche, il parvint à maintenir pendant une fraction de seconde la main tenant le briquet sur la table.

Avec une brutalité inouïe, il abattit la bouteille, écrasant des verres, renversant le seau, inondant Pamela, Zina et Nicolas. Le Magnum écrasa les doigts contre le bois, sans même se briser. Le garçon poussa un hurlement de douleur, auquel firent écho des cris d'horreur variés.

Malko lâcha aussitôt le magnum. Grimaçant de douleur, le garçon titubait, tenant sa main droite dans sa gauche. Le briquet avait disparu. D'un coup de coude, il repoussa Malko. Celui-ci plongea la main dans la ceinture de son smoking, en arrachant le Hi-Standard.

L'homme vit son geste. Saisissant le magnum, il le jeta dans sa direction. Malko esquiva, et le magnum alla fracasser le panneau de laque au-dessus du box avec un vacarme qui couvrit le bruit des Pink Floyd.

Bousculant la table voisine, il fit demi-tour et partit en courant à travers les tables, se dirigeant vers le fond de la salle.

— Stop! cria Malko le pistolet braqué.

A cause de la foule, il ne pouvait pas tirer. Mais, cette fois, les deux Russes assis le long de l'allée avaient vu! D'un bloc, ils se levèrent pour couper la route au fuyard. L'un d'eux se retourna et cria quelque chose à ses deux collègues assis dans leur box à l'intérieur de la piste.

Le maître d'hôtel qui arrivait à la rescousse, s'arrêta net en voyant le pistolet. N'en croyant pas ses yeux.

*
* *

Chris Jones était en train de se hisser sur son tabouret, encore ébloui de la munificence des toilettes d'*Annabel's* où il y avait même un telex, lorsqu'il aperçut Malko poursuivant une silhouette qui s'enfuyait.

En une fraction de seconde, l'Américain fut en action. De la main gauche, il balaya une dame en robe longue qui lui bouchait le chemin. Son coude droit coupa presque en deux un inconnu qui ne s'écartait pas assez vite et il fonça dans la pénombre, brandissant le « Mafia Special » sorti de sous sa veste.

Juste au moment où le fugitif atteignit le groupe des Russes. Il y eut une bagarre très brève et violente. Soudain le garçon en veste blanche saisit un Russe par derrière et le souleva du sol, pivotant pour faire face à Malko et à Chris.

Les gens continuaient à danser, seules les tables les plus proches de la bagarre réalisaient qu'il se passait quelque chose d'anormal. La musique couvrait les cris et la pénombre empêchait de distinguer les mouvements. Chris stoppa au milieu de l'allée qui traversait toute la salle, leva son arme et cria à se faire péter les poumons.

— Stop!

La sortie était derrière lui, il était parfaitement tranquille. Mais le garçon recula dans la direction opposée, tenant toujours le Russe contre lui. Les deux autres, gênés par les danseurs, n'avaient pas encore pu sortir de la piste de danse. Le quatrième, plié en deux par un coup de pied, essayait de reprendre goût à la vie.

Soudain, Chris aperçut un panneau lumineux au fond de la salle : *Exit*. C'était la sortie de secours. Là où l'homme allait. Il bondit en avant. Alors qu'il n'était plus qu'à trois mètres de lui, le garçon projeta le Russe en avant, vers Chris Jones. Bousculé, le gorille appuya sur la détente.

L'explosion assourdissante du « Mafia Special » fit trembler les murs.

Le Russe sembla se heurter à un mur invisible. L'épaule à moitié arrachée, il tomba en arrière, le visage déformé par la douleur.

— *My goodness*! fit Chris Jones.

Oubliant le fugitif, il s'agenouilla à côté du Russe. Une énorme tache rouge s'agrandissait sur le haut de sa veste, il était livide. Malko surgit, pistolet au poing, voulut poursuivre le garçon en veste blanche. Mais la disc-jockey venait enfin d'arrêter la musique, et les gens se levaient de tous les côtés, hystériques ou terrorisés. Un gentleman très digne, qui avait fait la guerre, cria d'une voix mal assurée.

— Quelqu'un devrait prévenir la police!

La rage au cœur, Malko aperçut vaguement la silhouette blanche disparaître dans la sortie de secours. Maintant tout le monde arrivait : Milton, le maître d'hôtel, les autres Russes. Le quatrième était penché sur son collègue. Malko rentra son pistolet et agrippa le maître d'hôtel.

— Vite, appelez une ambulance. C'est un accident.

Un petit groupe craintif et silencieux entourait Chris Jones, le « Mafia Special » au bout du bras. Des couples restaient assis, d'autres se ruaient vers la sortie. Au fond, personne ne savait ce qui se passait.

Le directeur, rondelet, la cinquantaine, couperosée, surgit enfin et s'arrêta, horrifié, devant le corps du Russe. Ses lèvres bougèrent sans qu'il puisse articuler un son. Il vit Chris Jones et pâlit, recula.

Malko le rattrapa de justesse. L'autre eut un geste de recul.

— Ne... ne tirez pas. Je...

— Nous ne sommes pas des bandits, fit Malko.

Pas évident. C'était le premier contact du directeur avec un « Mafia Special ». Heureusement Nicolas Silverman surgit. Le directeur se jeta sur lui.

— Ah, monsieur Silverman, que se passe-t-il? Vous connaissez ces gens?

Le Texan était presque aussi affolé que lui.

— Oui, oui, dit-il, mais je ne sais pas vraiment

ce qui s'est passé. Ils sont tous chargés de ma protection.

— Votre protection, balbutia le directeur, je...

Malko le prit par le bras.

— Allons dans votre bureau, il faut téléphoner à la police.

Il l'entraîna, criant à Milton Brabeck :

— Occupez-vous de l'ambulance. Et dites à Chris de ne pas lâcher Mr. Silverman d'une semelle.

Le bureau du directeur se trouvait à l'entrée, à côté du vestiaire. Malko composa aussitôt le 999, et dès qu'il eut un opérateur de Scotland Yard, demanda d'envoyer une voiture, des coups de feu ayant été échangés chez *Annabel's*. L'opérateur était si étonné qu'il lui fit répéter trois fois... A peine Malko avait-il raccroché, qu'on frappa à la porte. Un maître d'hôtel affolé.

— Sir, dit-il, il y a un client qui a un malaise grave.

C'était complet.

— Faites le transporter dans le *lounge*, ordonna le directeur, j'arrive.

Il se rua hors du bureau, oubliant Malko.

Dès qu'il fut seul, celui-ci composa le numéro personnel de Sir Maurice Bradley.

Il était un peu plus d'une heure du matin.

*
* *

A la place où était tombé le Russe, il n'y avait plus qu'une grande tache qui se confondait presque avec la moquette à dessins rouge.

Sans l'ambiance musicale, *Annabel's* n'était pas très gai. Plusieurs policiers en uniforme et deux en civil s'étaient groupés autour des bars avec les Russes et Chris Jones. Certains des clients s'étaient éclipsés, d'autres attendaient, le regard vide, la main dans celle de leur compagne. Fascinés par la brutalité de l'incident.

Discrètement, les garçons avaient recommencé à abreuver gratuitement. Un des civils se dirigea vers Malko que venait de lui désigner le directeur et se présenta.

— Lieutenant Graham, du CID. Vous êtes Mr. Linge?

— Exact, dit Malko.

Le policier l'examina quelques secondes, comme pour bien s'imprégner de ses traits, puis dit à voix basse :

— Je viens de recevoir des instructions en ce qui concerne cet accident. Mr. Jones va nous accompagner pour effectuer sa déclaration et il sera libre ensuite.

Sir Bradley avait réagi vite. Malko avait juste eu le temps d'appeler Pat Davis. Le policier du CID louchait sur la ceinture de smoking. Finalement, il se contenta de demander :

— Avez-vous pu reconnaître la personne qui s'est enfuie?

— Absolument pas, dit Malko.

L'autre hocha la tête.

— Très bien. Sir, si nous avons des questions à vous poser nous vous contacterons.

Malko se dirigea vers leur table. Nicolas Silverman était en train de fumer une *Rothmans*, encadré des deux femmes aux traits tirés, dont le maquillage commençait à tourner. Le Texan fixa Malko.

— Bon sang, vous pouvez me dire ce qui s'est passé?

— L'homme qui vous a offert du feu était Leonid Volodia, annonça Malko. Je ne l'ai pas reconnu tout de suite parce que, sur la photo de lui que j'ai vue, il avait ses cheveux. J'ai de bonnes raisons de penser que ce n'était pas du feu qu'il voulait vous donner...

— Bon sang, fit le Texan, vous êtes sûr?

Malko se tourna vers le bar. Les policiers venaient de sortir, emmenant les Russes et Chris Jones, accompagnés de Milton Brabeck.

— Je voudrais retrouver le briquet qu'il tenait, dit-il. Il doit être tombé par terre. Si vous le trouvez, montrez-le moi mais n'y touchez pas.

Tous les trois plongèrent docilement à quatre pattes. Malko examinait la moquette sombre autour de la table. Pourvu que personne ne l'ait ramassé. Soudain Zina poussa un cri.

— Je l'ai!

Elle était à quatre pattes sous la table. Malko s'approcha aussitôt :

— Où?

— Ici.

Malko écarta la Libanaise et examina le briquet. Il reposait sur le côté, l'ouverture de la flamme en face de lui. Il le saisit entre deux doigts et le souleva doucement. Si c'était ce qu'il croyait, il n'était pas dangereux en le maniant délicatement. Il était lourd, un peu plus qu'un briquet normal. Impossible de l'examiner à fond dans la pénombre. Doucement, il le referma et le glissa avec précaution dans la poche de son smoking.

— Partons maintenant, dit-il.

Nicolas Silverman se leva, comme un automate.

— Mais, enfin, comment avez-vous remarqué quelque chose?

Tout en le tirant vers la sortie, Malko expliqua :

— Quelques secondes avant vous, Miss Price prit une cigarette. Or, ce garçon qui se trouvait à un mètre d'elle ne bougea pas pour lui offrir du feu. Mais, dès que vous avez posé la main sur votre paquet de cigarettes, il s'est précipité!

« Je l'ai observé. Il était crispé, tendu, pas comme un garçon accomplissant un geste banal, mais comme quelqu'un effectuant une tâche dangereuse... Et brusquement, j'ai reconnu Volodia.

— C'est incroyable, murmura le Texan. Je ne me suis douté de rien...

Pamela Rice et Zina semblaient atterrées, sans voix, suivant comme des automates. Eteintes. Ils se frayèrent un chemin vers la sortie. En passant devant le second bar, Malko s'arrêta tout à coup, pétrifié. Sur le divan où, une heure plus tôt, un couple était en train de flirter, on avait étendu un homme, dont on avait ôté la veste et dénoué la cravate. Un petit groupe se pressait autour de lui, avec une femme sanglotant bruyamment. C'était le jeune brun, le « pitre », leur voisin de la soirée.

Malko écarta les badauds et s'approcha. L'homme avait la bouche ouverte, le visage bleui.

— Que s'est-il passé? demanda Malko.

— Il a eu un malaise cardiaque, murmura un homme à côté de lui.

Malko examina le mort avec attention. Les narines pincées, les yeux gonflés, les traits crispés. Il se pencha sur le visage du mort et remarqua immédiatement un petit point rouge sur la joue droite.

En se penchant encore plus, il renifla une très faible odeur d'amandes amères. Il s'écarta aussitôt, et rejoignit Nicolas Silverman qui l'attendait dans le couloir.

Malko le prit par le bras et le fit pivoter, pour qu'il voie le mort.

— Regardez l'homme étendu. Quand nous luttions, il a essayé de nous séparer. Je suis sûr qu'il a été frappé par un projectile lancé par le briquet que j'ai dans ma poche.

— Mais de quoi est-il mort? demanda le Texan d'une voix mal assurée.

Malko avait encore dans les narines l'odeur d'amandes amères.

— A mon avis, il a été empoisonné par de l'acide cyanhydrique, dit-il.

Nicolas Silverman fixait le mort, l'air absent. Zina s'accrocha à son bras, l'air horrifié, elle aussi. Le Texan chercha le regard de Malko.

— Vous croyez que c'est une des choses fabriquées par ce Theodore Ward?

— J'en suis certain, dit Malko.

Les prunelles noires de Zina étaient dilatées par l'horreur.

Elle entraîna Nicolas.

— Viens.

CHAPITRE VII

Malko conduisait lentement le long de Park Lane, le Hi-Standard posé sur la banquette entre lui et Zina. Dans sa poche, il sentait le poids de l'inquiétant briquet. Il essayait de se détendre, presque certain que rien de plus ne serait tenté contre Nicolas Silverman dans l'immédiat.

Ses adversaires devaient avoir joué le succès de leur tentative. D'ici là, il avait intérêt à explorer la piste fournie par Sir Maurice Bradley.

Nicolas Silverman, épuisé, somnolait à l'arrière, sa main dans celle de Pamela. Par contre, cette dernière, se réveillait à vue d'œil.

Lorsque la Rolls bordeaux stoppa dans Halkin Street, Malko descendit le premier, examinant les alentours avant de laisser le Texan sortir de la voiture. Nicolas Silverman semblait avoir vieilli de dix ans en une heure.

Mais Pamela le prit par le bras et lança d'une voix forcée de femme qui a trop bu :

— Allez, nous allons faire la fête! On en a besoin.

Malko réalisa que Zina suivait. Krisantem attendait derrière la porte. Prévenu par Malko. Soucieux mais prêt à tout.

— J'ai tout vérifié, votre Altesse, dit-il. La maison est *safe*.[1]

A peine dans le living, Nicolas Silverman ôta sa veste de velours et sa cravate et s'effondra sur un canapé design large comme un *king-bed*. Malko alla au bar et se versa une vodka qu'il but d'un trait. L'alcool glacé fouetta son sang, et il se sentit instantanément mieux.

Il prit le Hi-Standard et le posa sur un guéridon. Il avait horreur d'être armé comme un malfrat. La voix rauque de Donna Summer jaillit des haut-parleurs. Pamela Rice était remontée.

— J'ai soif, dit-elle.

Nicolas ouvrit un œil, tituba jusqu'au bar d'où il tira un magnum de Dom Pérignon. Le champagne devait couler des baignoires chez lui. Au passage, il se versa une vodka à assommer un bœuf, qu'il avala d'un coup.

Le bouchon du magnum sauta, et Malko but avec plaisir le champagne glacé. Reprenant aussitôt une coupe. Il avait droit à un peu de détente même si ce n'était qu'une accalmie entre deux tempêtes... En plus, l'ambiance commençait à s'électriser. Ils parlaient tous trop fort, riaient trop fort. Comme Zina commençait à se trémousser au rythme de la musique, Pamela lui jeta suavement.

— Si vous nous faisiez la danse du ventre...

La Libanaise pouffa, pas vexée.

— Il faudrait de la musique.

— Nicolas doit avoir ça, fit Pamela.

Elle se leva, farfouilla dans les disques et en tira un triomphalement qu'elle mit sur la platine. Trente secondes plus tard, on se serait cru dans les faubourgs de La Mecque. Les tambourins, les

[1] Sûre.

flûtes hurlaient à faire tomber les murs. Comme Nicolas Silverman esquissait un geste de protestation, Pamela lui jeta :

— Qu'est-ce que ça fait, tous les voisins sont arabes! Alors, Zina?

Zina donna quelques coups de reins et s'arrêta.

— Je ne peux pas avec ma jupe.

— Eh bien, enlevez-la, suggéra Pamela, une lueur ambiguë dans ses yeux jaunes.

La Libanaise hésitait. Alors Pamela s'approcha et défit elle-même le zip de la jupe fendue.

Nicolas Silverman était complètement réveillé. La jupe tomba à terre. Zina avait des jambes longues, un peu fortes, mises en valeur par des escarpins très hauts. Ses bas montaient presque jusqu'à l'aine, accrochés par des porte-jarretelles noirs.

Elle commença à onduler au rythme des tambourins, comme si ses hanches étaient montées sur roulements à billes. Ondulant, se déhanchant, lançant son ventre en avant, mimant l'orgasme. Emportée par l'alcool, Pamela avait rejoint le Texan sur l'énorme divan, lui apportant un verre plein de vodka. Encourageant Zina, tapant dans ses mains.

Heureusement que les murs étaient épais. Peu à peu, le visage de l'homme empoisonné s'estompait dans la mémoire de Malko. Il avait toujours la même réaction chaque fois qu'il frôlait le danger. Une fringale de vie.

L'atmosphère s'était chargée d'électricité. Le disque s'arrêta brusquement. Zina vint s'effondrer sur la moquette à côté du fauteuil de Malko. Pamela remit Donna Summer et, au passage, baissa le rhéostat des lampes, jusqu'à ce qu'il fasse aussi sombre que chez *Annabel's*. Malko ferma les yeux. La tête lui tournait. Tout cela était dingue. Ce Texan en danger de mort, cette ambiance malsaine, cette garce qui jouait un jeu bizarre.

Que faisait Zina dans cette galère?

La Libanaise se rapprocha silencieusement jusqu'à ce que sa tête vienne se poser sur les genoux de Malko. Sa bouche épaisse était posée contre sa cuisse, et à travers l'alpaga, il en sentait la chaleur, et le souffle et sa respiration. Elle ne bougea pas, puis ses lèvres commencèrent un lent mouvement de succion, comme pour aspirer sa peau à travers le tissu. Assise sur ses talons sur la moquette, elle semblait parfaitement à l'aise. Malko réalisa brusquement que personne n'avait dit un mot depuis la fin de la danse du ventre.

Il jeta un coup d'œil dans la direction du grand canapé. Pamela et Nicolas étaient allongés l'un à côté de l'autre et la pénombre empêchait de voir à quelle activité ils se livraient.

*
* *

Il n'y avait plus de musique depuis longtemps. Aucun bruit ne venait du divan. Malko sursauta. La bouche de Zina se déplaçait sur l'alpaga avec une lenteur d'escargot, remontant le long de sa cuisse.

Elle progressa encore, atteignant une zone si sensible que Malko se demanda s'il n'allait pas hurler. Zina s'amusa quelques minutes à errer sur lui, soufflant son haleine chaude à travers le tissu léger. Insupportable de douceur.

Puis la bouche remonta encore, presque jusqu'à la ceinture, les lèvres s'écartèrent pour laisser les dents attraper le haut du zip. Le tenant entre ses incisives, Zina inclina doucement la tête vers le bas. Puis ses dents revinrent à la charge, écartant ce qui restait. Elle reprit son souffle un court instant, puis d'un coup, engloutit Malko jusqu'au fond de sa gorge, avec une violence qui contrastait avec sa douceur précédente.

Il eut un haut-le-corps, pensant à Pamela et Nicolas. Il avait horreur de se donner en spectacle. Mais il aurait fallu une âme d'airain pour s'arracher de ce fourreau de velours d'où toute denture semblait absente.

La tête de Zina montait et descendait doucement, à son propre rythme. Soudain, une silhouette passa dans la pénombre. Pamela qui allait au bar. Il lui sembla qu'elle n'avait plus sa jupe noire. Malgré cela, il en fut gêné. Il voulut repousser Zina qui aussitôt redécouvrit qu'elle avait des dents...

Pamela Rice avait regagné son divan. Il se détendit, et Zina continua son festival. Accélérant lentement mais sûrement. Malko se mordit les lèvres pour ne pas hurler lorsqu'il se déversa dans cette bouche douce.

Quelques instants plus tard, Zina se releva et parla pour la première fois :

— Il faut que je parte maintenant, j'ai un cours demain matin très tôt. Ne bougez pas. Je vais prendre un taxi.

Ecrasé de plaisir, il la vit remettre sa jupe, prendre son sac. Elle lui glissa une carte dans la poche.

— Je suis chez moi presque tous les matins.

Elle l'embrassa légèrement et sortit du living, prenant son chapeau au passage.

Malko, son désir calmé, recommençait à penser. Il avait hâte d'être au lendemain pour examiner le briquet. Il resta à rêvasser pendant un long moment. On n'entendait plus aucun bruit, en provenance du divan. Pamela et le Texan devaient dormir. Brusquement, il eut soif. Il s'arracha du fauteuil.

Il devait passer le long du divan pour atteindre le bar. Dans la pénombre, il aperçut Nicolas Silverman, étendu sur le dos, émettant un léger ronflement. Il ne s'était pas déshabillé, la vodka avait dû l'assommer d'un coup.

Pamela Rice était allongée, à côté de lui, uniquement vêtue de son chemisier, de ses bas et de ses chaussures, un peu à l'écart.

Malko se glissa silencieusement le long du divan lorsqu'une main l'agrippa. Il eut un choc au cœur comme si c'était un fantôme. Mais ce n'était que Pamela. Dressée sur un coude, elle le regardait. Pas endormie du tout. Sa pression s'accentua, le forçant à s'asseoir à côté d'elle.

De l'autre côté du divan, Nicolas grogna et se retourna dans son sommeil, leur tournant le dos. Malko préférait ne pas penser à ce que Pamela Rice voulait. Il y avait assez de problèmes comme cela... Il essaya de se dégager, mais elle tenait bon. Elle lâcha son poignet, le prit par le cou et le força à s'allonger à côté d'elle. Aussitôt, sa bouche se posa sur la sienne et elle l'embrassa longuement, d'une pression de tout son corps. Il entendait ses bas crisser contre son costume, il se dit que Nicolas Silverman allait se réveiller, mais Pamela Rice faisait comme s'ils étaient seuls.

De la main gauche, elle défit sa ceinture, d'un geste précis, enfonça la main dans l'ouverture avec une absence totale de pudeur. Tout à coup le Texan bougea, se retourna.

Pamela Rice réagit avec la rapidité d'un serpent. Roulant sur elle-même, elle se jeta dans les bras de Nicolas Silverman qui retomba aussitôt dans le sommeil avec un grognement heureux... Mais la main gauche de la jeune femme n'avait pas lâché Malko. Elle demeura ainsi tordue quelques instants, puis parvint à se glisser hors des bras de Nicolas, à se remettre sur le dos. Tranquillement, elle replia les genoux, tira sur ses bas.

La main qui tenait Malko le lâcha pour prendre sa main à lui et la guider vers le haut du porte-jarretelles. Cela valait tous les discours. Achevant de se dégager du Texan qui ronflait de plus belle, elle se tourna complètement sur le côté vers Malko; colla ses lèvres contre son oreille. Il devina plutôt qu'il n'entendit :

— *Fuck me!* [1]

Puis de nouveau, elle se retourna face au Texan, offrant à Malko des reins cambrés et tièdes. Elle souleva légèrement une jambe pour l'aider. Il la prit d'une seule poussée, tant elle était ouverte. Elle frémit, trembla comme un cheval énervé mais ne laissa pas échapper un son.

Oubliant toute prudence, Malko emprisonna ses hanches et se mit à lui faire lentement l'amour.

Pamela ne bougeait pas, mais tout son corps était agité de frémissements comme si on l'avait branché sur un courant électrique. Couchée en chien de fusil, elle serrait les cuisses pour mieux le retenir, se cambrait pour mieux l'enfoncer en elle.

Soudain, Nicolas Silverman cessa de ronfler. Malko s'immobilisa aussitôt dans le ventre qui l'accueillait, le cerveau en ébullition. Il avait beau se dire qu'il risquait son job avec la CIA, que ce qu'il faisait était une plaisanterie que les bureaucrates de Washington ne toléraient pas, il

[1] Baise-moi.

n'arrivait pas à s'extraire de ce fourreau moelleux. D'ailleurs Pamela crispait ses muscles intérieurs pour lui dire de rester.

Au diable, la CIA, le KGB et le développement de la mer Noire. On ne vit qu'une fois. Il repensa à la phrase de Sir Maurice : « Le Renseignement est un métier de seigneur. » Son escapade faisait partie des prérogatives des seigneurs. Si le Texan se réveillait, il perdait beaucoup. S'il ne se réveillait pas, il aurait un des souvenirs les plus extraordinaires de sa vie. Tétanisé, il sentit Pamela Rice glisser doucement pour recevoir le bras de l'Américain qui la prit par la nuque. Celui-ci continua à dormir, tête contre tête, tourné vers elle. Malko observait une immobilité rigoureuse, minérale. Attendant que la respiration de l'homme qu'il était chargé de protéger reprenne sa régularité. Au premier ronflement, les reins de Pamela recommencèrent à frémir imperceptiblement. Ses épaules restaient immobiles, pour ne pas réveiller le dormeur, mais le bas de son corps vivait intensément.

Soudain, ses longues jambes gainées de nylon s'allongèrent d'un brusque sursaut, ses muscles internes se contractèrent. Malko eut l'impression qu'on ouvrait un robinet dans ses reins. Son cœur battait la chamade. Il aurait voulu que cela ne s'arrête jamais.

L'orgasme de Pamela s'acheva doucement, son souffle reprit une régularité d'honnête femme. Malko se retira doucement. Elle se tourna alors vers lui, effleura ses lèvres et murmura :

— *Good night! It was wonderful. You can sleep in the bedroom upstairs.*[1]

[1] Bonne nuit. C'était merveilleux. Vous pouvez dormir dans la chambre en haut.

Il eut à peine le temps de se lever qu'elle était endormie.

Le vin, le champagne, les émotions et l'orgasme.

Quelle soirée. Le lendemain risquait d'être moins drôle.

CHAPITRE VIII

Malko regarda le briquet de laque noire posé sur le bureau de Pat Davis. Un objet parfaitement innocent. Milton Brabeck et le chef de station de la CIA le contemplaient en silence avec la fascination qu'on a pour un serpent au venin mortel.

— C'est nous qui fabriquons ce truc-là? demanda Milton Brabeck d'une voix altérée.

Pat Davis hocha la tête affirmativement. Impossible de saisir l'expression de son regard derrière les verres épais de ses lunettes.

Malko avait la tête lourde. La soirée de la veille lui apparaissait comme une espèce de rêve hallucinatoire, avec ses horreurs et ses délices. Le visage du mort chez *Annabel's* était aussi difficile à lier à ce briquet, que l'attitude parfaitement normale de Pamela Rice, lorsqu'ils s'étaient retrouvés au break-feast, à sa provocation de la nuit. Et Nicolas qui s'était excusé de s'être endormi...

La religion de Malko était faite : après l'incident d'hier soir, le seul moyen certain de maintenir Nicolas Silverman en vie était de le faire filer à Moscou. La clef était Pamela Rice. Pendant que Nicolas Silverman était parti se raser, Malko lui avait demandé de le rencontrer. Sans en parler au Texan. Elle avait convenu de le prendre au *Hilton* à trois heures.

D'ici là, il y avait du pain sur la planche. Dès la fin du briefing, il s'occuperait de Mandy Keeler.

Il prit le briquet et l'examina. Il fallait presque le regarder avec une loupe pour distinguer un orifice minuscule à la partie supérieure latérale, juste en face de la molette. Le poussoir commandant la sortie du gaz déclenchait également la mise à feu, si on l'enfonçait à fond.

— Comment ça marche? demanda Milton Brabeck.

Malko prit le briquet dans sa main et dirigea la face où se trouvait l'orifice vers la fenêtre. Il appuya à fond sur le poussoir. Il y eut un sifflement imperceptible. Malko referma le briquet.

— Voilà ce qu'a fait Volodia hier. Cela propulse un dard de cinq millimètres grâce à une cartouche de gaz carbonique. Il peut traverser un pardessus ou un vêtement épais. Jusqu'à deux mètres. On le sent à peine, mais il est imprégné d'acide cyanhydrique. Il passe dans le sang et se fixe sur l'hémoglobine, l'empêchant de retenir l'oxygène. Vous mourez rapidement par suffocation.

Le chef d'antenne de la CIA semblait de plus en plus nerveux.

— Donnez-moi ce briquet, dit-il sèchement. Il ne faut pas le laisser traîner.

Il fit disparaître le briquet dans un tiroir qu'il ferma à clef. Pour le musée secret de la CIA. Il avait des poches sous les yeux. Depuis que Malko l'avait appelé de chez *Annabel's*, il n'avait pas pris beaucoup de repos. Malko était ivre de rage, lui aussi.

— Pat, dit-il, il serait temps de nous dire à quelles autres surprises nous pouvons nous attendre. Je n'aime pas beaucoup jouer au pigeon d'argile...

Pat Davis s'assit à son bureau, la tête dans ses mains.

— Vous trouvez que je n'ai pas assez d'emmerdements comme ça! L'ambassadeur a été convoqué par le Home Office. Les Anglais sont fous furieux que des Américains se promènent armés chez eux. Sans Sir Bradley, vous étiez tous embarqués par le CID. Mais il y en a qui ont grincé des dents... Je suis au téléphone depuis sept heures du matin.

« Quand l'ambassadeur va sortir du Home Office, il va me traîner dans la boue. Il soupira. Et tout le monde croit que ce pauvre type est mort d'une crise cardiaque. Je préfère ne pas penser à ce qui se passera si on découvre la vérité...

— Et nos amis russes? interrogea Malko.

— Ils ont joué le jeu, admit Pat Davis. Mais ils sont fous furieux. Leur type est dans un état critique. Et eux savent, pour le cyanure. C'est un truc qu'ils ont assez utilisé eux-mêmes. Je déjeune avec Oleg Penkowsky. Il prétend qu'on ne lui dit pas la vérité. Mais je ne peux rien lui dire.

— A nous, vous pouvez, dit Malko avec douceur.

— Vous me posez un problème terrible, gémit l'Américain. Je risque mon job...

— Ecoutez, dit Malko, je ne travaille pas encore pour le KGB. Si vous perdez votre place, j'ai toujours un job dans mon château comme jardinier. Cela vous reposera... Et ce sera moins dangereux...

Pat Davis ne sourit même pas.

— Nous ne pouvons pas savoir TOUT ce dont Ward dispose expliqua-t-il. Il a une imagination diabolique. Le produit le plus dangereux dont il peut disposer est un poison qui pénètre dans la peau par simple contact... le venin d'un serpent, le *boomslang*. Il provoque une hémorragie interne assez lente qui tue en plusieurs jours.

— Comment ça marche? demanda Milton Brabeck d'une voix étranglée.

Pat Davis secoua la tête.

— Oh, de plusieurs façons. On peut le mélanger à l'encre d'un stylo-bille. Un trait sur votre peau et, hop...

L'Américain continua comme s'il voulait se soulager.

— Il y a aussi le BZ. C'est un gaz qui rend paranoïaque. De façon définitive. Mais je ne sais pas comment il est injecté.

Il se tut.

— Bon, ce n'est pas la peine de continuer, dit Malko. Il n'y a qu'une solution : trouver ce Ward et ceux qu'il a équipés avant qu'ils ne recommencent...

« Ou convaincre Nicolas Silverman de prendre le premier avion pour Moscou...

Depuis qu'il avait fait la connaissance de Pamela, il ne se demandait plus pourquoi l'Américain restait à Londres au péril de sa vie... La jeune Anglaise avait assez de magnétisme pour combattre l'instinct de conservation. Il se leva.

— Je vais faire de mon mieux dans ce sens, dit-il, je dois déjeuner tout à l'heure avec la charmante Miss Rice. J'arriverai peut-être à la convaincre de louer une datcha près de Moscou. On pourrait tous y aller passer nos vacances...

— Où est Silverman? demanda Pat Davis.

— Il cuve son champagne en jouant avec son telex, dit Malko. Il m'a juré qu'aujourd'hui il ne bougeait pas. Krisantem veille sur lui, Milton va y retourner, et il y a une Tchaika pleine de Russes dans Halkin Street. A part l'enfermer dans un coffre, c'est tout ce qu'on peut faire.

— Parfait, dit l'Américain.

La main sur le bouton de la porte, Malko s'arrêta.

— A propos dit-il, Volodia est chauve. Vous le saviez?

Pat Davis prit l'air encore plus malheureux.

— Bien sûr! Je n'ai plus pensé à cette vieille photo. Je suis désolé. Absolument désolé.

Malko n'épilogua pas. Leur voisin d'*Annabel's*, lui, était désolé à titre définitif.

Dans l'ascenseur, il dit à Milton Brabeck :

— Je vais prendre un taxi. Prenez l'Austin pour rentrer à Halkin Street.

Londres était une ville fabuleuse; il y avait des taxis partout et toujours, et ils ne vous injuriaient presque jamais. A peine dans Grosvenor Square, il en héla un.

— Au *Garrick's Club*, dit-il.

Il n'avait pas besoin de préciser. Le *Garrick's* était un des plus vieux clubs de Londres. Il ne déjeunait pas avec Pamela Rice, mais avec Sir Maurice Bradley. Le chef du M.I.6 lui avait téléphoné alors qu'il aidait Alexandra à faire ses bagages, lui demandant de garder le secret sur leur rencontre. La situation se simplifiait.

***

— Cher ami, attaqua Sir Maurice Bradley, d'une voix égale, ne vous êtes-vous pas étonné du silence de la presse au sujet de l'incident d'hier soir? Vous avez pu constater qu'il n'y avait pas un mot dans les quotidiens du matin. Seul William Hickey, dans sa colonne du *Daily Mail*, a mentionné une bagarre chez *Annabel's*.

— En effet, réalisa Malko. C'est étonnant.

Ils déjeunaient dans la salle à manger du premier étage, la *Morning Room* n'ouvrant qu'à six heures. Pas une femme... Beaucoup de gens de théâtre, d'écrivains. La remarque du patron du M.I.6 était amplement justifiée.

Ce n'était pas tous les jours que l'on s'entretuait dans la discothèque la plus élégante de Londres... Surtout dans un pays où les armes à feu ne servaient qu'à la chasse, où les Bobbies n'étaient toujours pas armés, et qui n'était pas non plus du genre à bâillonner la presse... Sir Bradley eut un sourire indulgent.

— N'étant pas familiarisé avec nos coutumes, vous ignorez probablement ce qu'est une « notice D »?

Il était délicieusement poli. Malko reconnut de bonne grâce qu'il ignorait absolument ce qu'était une « notice D ». L'ambiance du *Garrick's* portait d'ailleurs à la concertation plus qu'à l'affrontement. Des écrivains brillants s'y côtoyaient. La présence de membres des professions théâtrales y créait une ambiance moins guindée que dans les autres clubs londoniens.

Sir Bradley poursuivit de la même voix posée :

— La « notice D », est le seul moyen dont dispose le gouvernement de la reine pour supprimer une information de la presse écrite, parlée ou télévisée... Elle est délivrée par le comité des services de la Presse et de la Télévision, sur l'ordre du gouvernement... C'est une procédure assez délicate, car la « notice D » n'est autre qu'une lettre adressée aux différents rédacteurs en chef des organes de presse les avertissant que certains faits peuvent tomber sous le *Official Secret Act*, et sont considérées par le gouvernement comme un secret important, et précisant que leur publication serait contraire à l'intérêt national. Que des sanctions légales puissent être prises ou non...

« Bien entendu, continua le patron du M. I. 6, cette « notice D » n'a aucune force légale et nous devons nous appuyer sur la bonne volonté et la compréhension des destinataires... Dieu merci, jusqu'ici, il y a eu peu de cas de désobéissance. Mais il est toujours délicat pour un haut fonctionnaire de réclamer une « notice D »...

Un ange passa, plein de tact et de discrétion. Malko baissa la tête dans son sherry... Sir Bradley continua d'une voix plus ferme :

— Après votre coup de téléphone cette nuit, j'ai dû me résoudre à demander une « notice D ». Il était absolument impossible de laisser la presse mettre son nez dans cette affaire. Seulement, ajouta-t-il, je n'ai pas envie de recommencer dans quelques jours. Souvenez-vous de l'affaire Profumo. Cela a coûté la vie au gouvernement d'alors...

Malko fixa le Britannique.

— Sir Maurice, dit-il, je vous remercie. Malheureusement cet incident était inévitable. Nous nous sommes trouvés en face d'une tentative de meurtre brutale et sophistiquée. Qui peut, hélas, se reproduire.

« Parce que Leonid Volodia n'est pas seul...

Il venait brusquement de décider de lui dire la vérité au sujet de Théodore Ward. Sir Bradley l'écouta sans l'interrompre, souriant à des gens qui passaient près de leur table, ou plongé dans la contemplation du portrait à l'huile de Sir Laurence Olivier. Lorsque Malko eut terminé, il soupira :

— Les Américains sont fous! Une histoire comme cela devait finir par arriver. Mais il n'est pas possible de laisser des hommes armés s'affronter sur le territoire britannique.

— Je comprends, dit Malko. Je n'ai pas encore eu le temps d'exploiter le renseignement que vous m'avez donné, mais je m'en occupe en vous quittant.

— Faites attention et tenez-moi au courant, dit le Britannique. Il va sans dire que si vos recherches n'aboutissaient pas, nous serions obligés de déclarer Mr Silverman « persona non grata » sur le territoire britannique. Ce qui serait évidemment fâcheux. Nous avons déjà assez de problèmes avec les Irlandais.

Malko l'observait. Se demandant pourquoi il disait tout ceci, à lui. Sir Bradley lui adressa un sourire d'excuse.

— Je vous conseillerai de prendre du bordeaux avec votre poisson. Je ne crois pas que nous ayons un assez bon vin blanc... Quant au soufflé, on croirait qu'il est fait avec du ciment quand on connaît ceux de Maxim's.

*
* *

L'énorme Rolls bordeaux tourna sur la petite place du *Hilton*, venant de Park Lane et s'arrêta devant l'hôtel. Malko remarqua que les glaces de l'arrière étaient absolument opaques. Il était impossible de distinguer s'il y avait quelqu'un dans la voiture ou non. Il s'avança vers le monstre, et le chauffeur descendit aussitôt lui ouvrir la portière.

Pamela Rice était seule sur la banquette arrière, en train de se regarder dans une glace.

Très élégante dans un tailleur de velours marron avec des bas et des escarpins assortis.

— J'ai un œdème, annonça-t-elle d'un ton tragique. J'ai trop bu hier soir.

Effectivement, le pourtour de ses yeux était gonflé.

— Vous êtes ravissante, dit Malko. Même avec un œdème.

— Je vais chez *Sothesby*, annonça la jeune femme. Nous avons le temps de bavarder.

Elle n'avait pas cillé en le voyant comme si l'intermède de la veille n'avait été qu'un phantasme.

— Allons chez *Sothesby*, accepta Malko.

La Rolls démarra, et elle se rencogna sur son siège, assez loin de Malko.

— Pourquoi vouliez-vous me voir?

Elle avait pris une expression butée d'une enfant contrariée. Croisant ses longues jambes, d'un geste sensuel et volontaire. La Rolls avait tourné dans Parliament Street, une étroite voie de Mayfair et roulait au pas. Les glaces sans tain donnaient une extraordinaire impression d'intimité et d'isolement. Pamela Rice observait Malko, le front plissé, une lueur ambiguë dans ses yeux de fauve. Il avait rarement rencontré une créature de cet acabit et de cette classe.

— Vous voyez Mr Silverman aujourd'hui? lui demanda-t-il.

De nouveau, elle reprit sa glace et tâta son œdème.

— Oui, tout à l'heure, dit-elle. Il reste chez lui aujourd'hui. Ensuite, nous irons dîner...

Encore une sortie mouvementée en vue. Malko affronta son regard :

— Pamela, dit-il, il faut que vous partiez avec Mr Silverman à Moscou. C'est une question de vie ou de mort pour lui. Nous ne sommes pas à même de le protéger efficacement. Vous avez une responsabilité énorme. Mr Silverman ne nous avoue pas la véritable raison de son entêtement à demeurer à Londres, mais je suis certain que c'est vous...

— Je sais.

Sa voix était soudain atone, lasse. Ses yeux fuyaient le regard de Malko.

— Vous ne voulez pas quitter Londres?

Il entendit à peine la réponse.

— Non.

— Pourquoi?

— Je n'ai pas à vous le dire.

Elle se refermait de plus en plus. Ce n'était plus la play-girl de la nuit précédente, arrogante et provocante, mais une femme secrète, sensible, complexe. Le silence retomba, les bruits de l'extérieur ne parvenant que ouatés. Après ce qui s'était passé entre eux, Malko avait du mal à croire que Pamela Rice soit amoureuse de quelqu'un.

— Il y a un autre homme dans votre vie.

Elle hocha la tête affirmativement.

— Oui.

« Mais ce n'est pas ce que vous croyez. J'ai besoin de quelqu'un qui me fasse rêver, vous comprenez? Nicolas ne me fait pas rêver. Il est trop gentil, trop simple...

Malko sauta sur l'occasion.

— Pourquoi ne le quittez-vous pas, dans ce cas?

Pamela Rice tira sur son sourcil gauche, à l'arracher. Avec l'expression d'un bélier prêt à foncer.

— Parce que je ne sais pas ce que je veux.

Elle se tut, prit une cigarette que Malko alluma. Ils roulaient dans New Bond Street. Ils étaient presque arrivés.

Malko était dans l'impasse. Pamela Rice n'irait pas à Moscou, et Nicolas Silverman ne partirait pas sans elle. Un moment, il caressa la possibilité cynique de dire au Texan ce qui s'était passé pendant son sommeil. Mais même, cela ne ferait pas changer l'Américain d'avis.

— Mr Silverman est au courant pour cet autre homme? demanda-t-il.

Pamela Rice acquiesça.

— Oui.

Malko retint un soupir. Sir Bradley allait passer des nuits blanches. Il aperçut à travers la glace le petit immeuble blanc et vert de *Sothesby's* et ouvrit la portière, faisant entrer le bruit de Old Bond Street. Il se retourna pour aider Pamela Rice à descendre, ce qui lui valut d'admirer ses longues cuisses gainées de marron presque jusqu'à l'aine. Ils se dévisagèrent quelques instants sur le trottoir.

— Eh bien, à ce soir, dit Malko.

Pamela Rice lui tendit la main.

— A ce soir.

Il héla un taxi. La seule chance qui lui restait était de retrouver Léonid Volodia et Théodore Ward.

— *The Bolton's*, dit-il au chauffeur.

Le trafic s'écoulait lentement. Malko essaya de faire le point. Alexandra était repartie en Autriche. Plus que boudeuse. Il ignorait totalement comment ses adversaires allaient frapper. L'attitude du chef des Services secrets britanniques, bien qu'amicale, était quand même curieuse. Malko tâta machinalement le Hi-Standard glissé dans sa ceinture. Cela lui faisait une drôle d'impression de se promener armé dans une ville aussi paisible que Londres.

*
* *

Malko regarda autour de lui. Bien qu'on ne soit qu'à quelques mètres de l'animation de Brompton Road, le petit square en ellipse était étonnament calme. Le 14 était une vieille maison de bois, avec un jardin en friche. Il poussa la barrière de bois, suivit un sentier qui contournait la maison, atteignit une porte ouverte sur un vieil escalier de bois très raide. Tendu, il s'y engagea. Les marches craquaient. Il y avait deux portes sur le palier du premier étage. Une simple carte de visite était épinglée sur l'une d'elle. Mandy Keeler.

Les battements de son cœur s'accélérèrent. Les renseignements de Sir Bradley étaient exacts. Il sortit le Hi-Standard de sa ceinture, fit monter une cartouche dans le canon et le glissa dans la poche de son pardessus. Leonid Volodia se trouvait peut-être de l'autre côté de cette porte. Il sonna. Il se passa un temps assez long avant que la porte ne s'ouvre. Malko essaya de ne pas avoir l'air trop tendu.

Une grande fille châtain le contemplait avec curiosité. Un visage rond, ravissant, avec une bouche à la Bardot, un nez retroussé, des yeux noisette, rieurs. Le pull de grosse, laine grise moulait une poitrine de rêve, et la longue jupe assortie descendait jusqu'au sol.

— Miss Keeler?

— Oui, c'est moi.

Son regard examinait Malko avec curiosité.

— Vous venez de la part du studio?

— Oui.

Elle écarta le battant avec un sourire lumineux.

— Très bien, entrez.

Ils traversèrent une petite pièce occupée presque entièrement par un billard américain pour arriver dans un living où un feu brûlait dans une cheminée. Mandy Keeler s'assit par terre, et Malko prit place en face d'elle, dans un fauteuil.

— Vous êtes photographe? demanda-t-elle, je ne vous connais pas... Quel est votre nom.

— Malko Linge.

Elle secoua la tête en souriant.

— Vous êtes étranger...

— Oui, dit-il, Autrichien.

Elle prit un gros classeur noir.

— Vous voulez voir mon *book*?

Il le prit. C'était toujours cela de gagné. Sur ses gardes, il commença à feuilleter le *book*. Il ne contenait que des photos de Mandy Keeler. De la mode, de la publicité. Une fille superbe, à la poitrine orgueilleuse, aux longues jambes fuselées, souriante, en noir et en couleurs. Puis, des nus, sur une plage. Style *Playboy*, mais avec plus de pudeur.

— Celles-ci, c'est Newton, précisa Mandy. Il aimait beaucoup faire des photos avec moi.

C'était une série sur un bateau. Mandy Keeler portait un pull de fine laine blanche moulant sa poitrine et un short ultra court qui allongeait encore ses jambes, juchée sur des escarpins. A la suivante, elle se déshabillait dans la cabine pour s'enlacer à un homme dont on ne voyait que le dos. Tout était d'un érotisme troublant, trop vrai... Malko leva les yeux.

— Pourquoi, il n'aime plus?

Elle lui adressa un drôle de regard, puis haussa les épaules avec fatalisme :

— Vous savez, Newton est plutôt un spécialiste des corps, pas des portraits. Alors...

Le regard de Malko enveloppa la jeune femme; la poitrine lourde, les hanches rondes, le ventre plat, les longues jambes sous la jupe...

— Je ne trouve pas que votre corps ait changé, dit-il.

Mandy Keeler eut une drôle de grimace, à mi-chemin entre le sourire et le ricanement. Ses traits se crispèrent. Lentement, elle prit sa longue jupe à deux mains et la releva.

— On ne vous a rien dit, murmura-t-elle, je suis désolée.

Fasciné et horrifié, Malko découvrit ses jambes. Deux poteaux rougeâtres, couturés d'horribles cicatrices, noués comme des branches brûlées. Il manquait presque toute la chair du mollet gauche... Les genoux apparurent, presque intacts, sauf une grosse marque rouge, puis les cuisses, déformées, horriblement ciselées. La jeune femme laissa retomber sa jupe avec un regard résigné.

— Ce n'est pas le style de Newton, dit-elle avec un calme forcé.

Malko avait envie de vomir.

— Que vous est-il arrivé?

Mandy Keeler alluma une cigarette sans le regarder.

— Oh, c'est banal. Un accident de voiture. J'ai eu les jambes brûlées jusqu'à l'aine. Ma chair coulait comme du fromage. Six mois à l'hôpital, des greffes, de la morphine. Et aujourd'hui, ça. Mais j'arrive encore à travailler, avec mes mains et mon visage. Et l'assurance me verse de l'argent. Je pensais qu'ils vous avaient dit au studio... Ils ne prennent pas les gens par surprise.

— Je ne viens pas du studio, avoua Malko.

Elle le fixa avec un regard surpris.

— Mais alors, pourquoi voulez-vous me voir? Qui êtes-vous?

Il n'y avait pas d'inquiétude dans sa voix, seulement de la curiosité et de l'agacement. Il réalisa qu'elle regrettait de lui avoir montré ses jambes mutilées. C'était un secret lourd à porter... Malko se lança à l'eau.

— Je cherche à entrer en contact avec une personne que vous connaissez. J'ai pensé que vous pourriez m'aider...

— Qui?

— Leonid Volodia. Est-ce qu'il est ici?

— Leonid! Non. Mais pourquoi?

Malko préféra ne pas s'embarquer dans des explications confuses.

— Je travaille en liaison avec les services de contre-espionnage britanniques et américains, dit-il. Leonid Volodia a disparu, et nous pensons qu'il est mêlé à une conspiration extrêmement dangereuse. Nous aimerions le mettre en garde...

Elle le fixait maintenant avec incrédulité.

— Une conspiration! Qu'est-ce que c'est que cette histoire? Pourquoi ne prévenez-vous pas la police?

— Ce n'est pas de son ressort, expliqua Malko. Pouvez-vous m'aider à entrer en contact avec Leonid Volodia? C'est très important.

Mandy Keeler se leva, toisant Malko.

— Je ne sais pas qui vous êtes, mais je n'aime pas cette visite. Je n'ai rien à vous dire. Leonid Volodia est mon ami depuis longtemps, mais je ne sais pas où il se trouve. Je ne l'ai pas vu depuis un certain temps. J'ignore ce qu'il fait et où il vit. Cela m'étonnerait qu'il soit mêlé à une histoire louche. C'est un être pur, désintéressé.

Malko écoutait la tirade, accablé. Elle était folle amoureuse de Volodia. C'était bien sa chance...

— J'ai vu Leonid Volodia hier soir, dit-il. Il a tenté d'assassiner une personne que je protégeais, sous mes yeux, et en a tué une autre accidentellement. Mais si je le retrouve, les choses peuvent encore s'arranger...

Mandy Keeler haussa les épaules avec agacement.

— Vous me prenez pour une idiote. Si Leonid avait commis un meurtre, ce serait Scotland Yard qui viendrait, pas vous...

— Il s'agit d'une affaire politique, précisa Malko. La police de ce pays n'est pas officiellement saisie. Connaissez-vous un homme qui se nomme Théodore Ward?

La jeune femme secoua la tête.

— Non. Et je ne veux plus que vous me posiez de questions. Partez, ou j'appelle la police. D'abord, ce meurtre dont vous parlez, c'est arrivé quand?

— Hier soir.

— Il n'y avait rien dans les journaux. Je les lis tous. J'ai le temps...

— L'information a été retenue par le gouvernement.

Mandy Keeler haussa carrément les épaules.

— Vous me racontez n'importe quoi. Je regrette de vous avoir ouvert. D'ailleurs, vous m'avez menti, vous ne veniez pas de la part du studio. Partez immédiatement.

Malko regardait une porte en face du billard.

— Où cela mène-t-il?

— C'est ma chambre!

Il avait déjà fait un pas en avant. Sortant son

pistolet de sa poche, il ouvrit la porte brusquement.

— Je vous interdis! cria Mandy Keeler.

Malko parcourut la chambre du regard. Vide. Il avança jusqu'à la salle de bains. Vide aussi. Il rentra son pistolet, un peu honteux.

Mandy Keeler l'avait suivi. Ses pommettes empourprées par la colère.

— Dites à Leonid Volodia de m'appeler, dit Malko, au *Hilton*. Malko Linge. Vous vous souviendrez? Dans son intérêt.

Mandy Keeler le toisa avec haine.

— Ecoutez, fit-elle, il faudra me passer sur le corps pour faire du mal à Leonid. Je vais vous dire comment je l'ai connu. Les hommes me regardent, me suivent, m'abordent. Ils ne savent pas... Je suis toujours habillée de la même façon. Plusieurs fois j'ai fait l'expérience. J'en ai ramené ici. Ils finissaient toujours par me mettre la main sur le genou, puis...

Sa voix se brisa.

— J'ai tout eu. Ceux qui s'enfuient, ceux qui restent et ne peuvent rien faire. Qui vous jurent de revenir et qu'on ne revoit jamais. Ceux qui vous injurient parce qu'on ne leur a pas dit.

Elle s'arrêta une seconde, comme pour donner plus de poids à ce qu'elle allait dire :

— Leonid est resté, lui. Il a été tendre, compréhensif. Il a pleuré. Il m'a fait l'amour. Et il est revenu... Vous comprenez?

Malko comprenait. Mandy Keeler se ferait couper en morceaux plutôt que de l'aider.

Il se retrouva dans l'escalier raide, puis dans le petit jardin en friche. Si Mandy Keeler était en rapport avec Leonid Volodia, celui-ci allait réagir. Il fallait surtout claquemurer dans sa tête le nom de Mandy Keeler. Si le KGB l'apprenait, il savait de quoi ils étaient capables. Il se dit que Sir Maurice avait peut-être pensé à cela. Les Britanniques savaient être féroces, mais respectaient encore certaines choses. De nouveau, la phrase de Sir Maurice lui revint.

« Nachrichtendienst ist Herrendienst ».

Ce n'était pas toujours facile de faire un métier de seigneur.

Maintenant Malko était en première ligne. Si Mandy Keeler avait menti et était en contact avec Leonid Volodia, celui-ci allait se mettre en quête de Malko.

Pour le tuer.

CHAPITRE IX

Oleg Penkowsky se retourna pour surveiller dans le rétroviseur si personne ne suivait sa Volga. Il pleuvait et il avait mis un imperméable noir qui lui donnait un aspect assez sinistre. Quittant Kensington Palace Garden, la Volga tourna à gauche dans Kensington Road, filant vers Piccadilly.

A côté de Penkowsky, l'énorme Caucasien nommé Gregory ne disait pas un mot. Comme la plupart des Russes vivant à Londres, il habitait une petite maison dans West Highgate, à côté du centre commercial soviétique servant de couverture à toutes les activités du KGB à Londres.

Le capitaine du KGB était particulièrement sur ses gardes. Leonid Volodia, les Américains et les Anglais du M. I. 6, cela faisait beaucoup de gens qui pouvaient s'intéresser à lui.

La Volga s'arrêta devant *Fortnum and Mason.* Les deux Russes descendirent et pénétrèrent dans le magasin de luxe. Grégory n'en croyait pas ses yeux. C'était autre chose que le *Goum* de Moscou. Cela dépassait même les magasins secrets de Moscou réservés aux membres du KGB ou aux privilégiés de la *Nomenklatura,* le système rigide qui accordaient les prérogatives aux *apparatchiks* et aux membres du Parti.

Mais Oleg Penkowsky n'avait pas le cœur à

admirer les délices de la société capitaliste. Il traversa le magasin et ressortit par la porte de Jermyn Street, parallèle à Piccadilly. S'immobilisant sur le trottoir, un taxi arriva trois minutes plus tard, débarqua une dame. Aussitôt, Oleg Penkowsky bondit dans le véhicule, suivi de Gregory. Aucun autre taxi libre n'étant en vue, personne ne pouvait les suivre.

— Belize Road, Port Hall Hotel, dit-il au chauffeur.

Il avait fait un effort pour dissimuler son accent. Bien sûr, il aurait été prudent de prendre le métro, mais là, on pouvait les suivre. Il y avait plus d'une demi-heure de route jusqu'à Hamstead. Il tira son étui et alluma une de ses longues cigarettes. Regardant les pelouses de Hyde Park. Ils montaient vers le nord de Londres, un quartier de vieilles maisons plein de collines et de charme.

*
* *

Mme Victoria Ward avait des habitudes rigoureuses en dépit de ses soixante-dix-huit ans. Tous les après-midi, à deux heures, elle quittait sa maison de Glenmore Road, une voie tranquille en pente de Hamstead, poussée par sa gouvernante et allait prendre la Northern Line à la station de Belize Park pour se rendre à Regent's Park où elle nourrissait ses pigeons adorés.

C'était une vieille dame très organisée qui ne vivait que pour les lettres de son fils. Elle en avait toujours une sur elle qu'elle lisait quand les pigeons étaient partis. La dévotion qu'elle lui vouait était justifiée. C'était lui qui payait la gouvernante, le loyer de la petite maison. Tout.

Grâce à sa générosité, Mme Ward vivait dans une aisance relative et attendait la mort avec sérénité. Son seul chagrin avait été la longue séparation d'avec son fils vivant aux Etats-Unis. Mais, maintenant qu'il avait pris sa retraite, il lui avait juré qu'il viendrait vivre près d'elle. Pour l'instant, il reprenait contact avec l'Angleterre, voyageait dans le pays.

— Attention, regardez bien avant de traverser, dit-elle à la nurse.

Elle venait d'atteindre Belize Road. Juste en face se dressait la station de métro. Avec précautions, la nurse avança dans le passage pour piétons.

Mme Ward s'était cassé le col du fémur trois ans plus tôt. Depuis, elle était infirme, avec toute sa tête. Elle parvenait même à se déplacer toute seule en poussant sur ses roues. Mais cela activait ses crises d'asthme...

Le regard vif, elle surveillait les passants, toujours en quête d'un contact humain. La vérité oblige à dire qu'elle s'ennuyait. Ce voyage en métro l'agaçait, mais c'était le seul moyen de transport qui prenne sa chaise roulante. L'employé jamaïcain qui manœuvrait l'énorme ascenseur permettant d'accéder aux quais, en contrebas de trente mètres, la salua.

— *Good afternoon,* Mrs Ward. *It's a beautiful day*[1].

Il avait toujours la même phrase, même lorsqu'il tombait des cordes. Il écarta la grille pour laisser passer la chaise roulante. Cet ascenseur était bien pratique. A Regent's Park, il y avait le même. Trois ou quatre personnes se trouvaient dans la cabine, dont un homme de haute taille aux pommettes saillantes, aux traits épais. « Il a l'air d'un Russe », se dit Victoria Ward.

[1] Bonjour, Mrs Ward. Quelle belle journée.

L'ascenseur s'ébranla. En bas, on sortait de l'autre côté. Avant les quais, il y avait juste trois petites marches. Voyant que la nurse avait du mal à les franchir, l'homme à l'imperméable noir se précipita.

Mme Ward sourit.

— Merci beaucoup, jeune homme!

Sans répondre, l'inconnu saisit les poignées de métal et aida la nurse à caler le fauteuil sur les marches. Mme Ward eut un sourire ravi quand elle se sentit descendre, soutenue par les deux. C'était une sensation agréable de se faire dorloter. Elle tira la couverture sur ses genoux. Les marches franchies, l'inconnu sourit et s'éloigna de quelques pas. Discret. Ils arrivèrent tous les trois sur le quai désert, au plafond très bas.

Il n'y avait qu'un autre voyageur sur le quai de la petite station. Un énorme type à la carrure impressionnante. Style ouvrier, avec un gros pull roulé, un manteau gris, les mains dans les poches. Il s'intéressa aux affiches du quai, essaya un distributeur, puis se rapprocha de la vieille dame. On entendait le grondement de la rame qui se rapprochait sous le tunnel.

Tout à coup, il se tourna brusquement et bondit vers la gouvernante, tentant de s'emparer de son sac.

Instinctivement, la jeune femme poussa un cri et serra le sac contre elle, lâchant la voiture de l'infirme. Le grondement de la rame grandissait, couvrant les cris de la jeune femme. En dépit de sa force, le géant n'avait pas réussi à lui arracher son sac. La vieille dame tourna la tête et vit la scène. Son sang ne fit qu'un tour. Elle avait horreur des voyous.

— Lâchez cette femme! cria-t-elle de toutes ses forces.

Brusquement, elle se souvint d'un cadeau de son fils. Plongeant la main dans son sac, elle en tira un petit container de gaz « MACE ». Tendant le bras en arrière, elle visa le visage de l'homme accroché à la nurse et appuya sur le déclencheur.

Il y eut un chuintement léger, un jet de gaz invisible qui frappa l'agresseur en plein visage. Celui-ci ne mit qu'une fraction de seconde à réagir. Il lâcha brusquement le sac, porta la main à son visage, fit quelques pas en titubant. La nurse, tremblant encore, le fixait avec une surprise horrifiée. Les wagons rouges du métro entrèrent sur le quai dans un grondement de tonnerre. Ce train-là ne s'arrêtait pas, aussi il continua à toute vitesse.

Mme Ward poussa un cri horrifié. L'homme qu'elle avait aspergé de gaz titubait au bord du quai. Soudain, il parut aspiré par le vide et plongea sur la voie.

La vieille dame, pétrifiée d'horreur, ne vit pas l'homme à l'imperméable noir s'approcher par derrière. Les mains dans les poches. Il surveillait la nurse qui lui tournait le dos. D'un geste précis, il appuya le pied sur l'arrière du fauteuil roulant et poussa violemment. L'engin fit un bond en avant, les roues avant atteignirent le bord du quai, alors que la motrice rouge n'était plus qu'à trois mètres.

Le hurlement de Mme Ward se perdit dans le grincement des freins. Les wagons rouges défilèrent à toute vitesse. Il n'y avait plus sur le quai que l'homme à l'imperméable noir, toujours les mains dans les poches et la nurse.

— Mon Dieu, elle a glissé, fit l'inconnu. Attendez, je vais chercher du secours!

Il fit demi-tour et s'éloigna en courant. La

rame achevait de s'arrêter alors qu'il était en train de grimper l'escalier de secours, quatre à quatre. Ivre de rage parce que Gregory gisait sous les roues du métro à côté de la vieille dame. La version de l'accident était ratée. La Centrale allait être furieuse. Comment aurait-il pu deviner que cette vieille salope était armée!

On ne pouvait plus se fier à personne.

CHAPITRE X

Malko se demanda si Pat Davis n'allait pas sauter sur son bureau et piétiner les papiers qui s'y trouvaient, y compris les journaux du matin relatant l'étrange mort de Mme Victoria Ward et d'un certain Gregory Kafitsa, chauffeur de la délégation commerciale soviétique.

L'ambassade russe avait immédiatement publié un communiqué laissant entendre que le chauffeur avait pu être pris d'une crise de folie subite. Les commentaires de la presse britannique évoquaient bien entendu une exécution dans le style KGB, et le *Daily Mail* réclamait l'expulsion de certains membres du KGB aux activités un peu trop voyantes.

Mais personne ne s'expliquait pourquoi on avait voulu assassiner Mme Ward.

— Comment le KGB a-t-il eu connaissance du rôle de Théodore Ward? Qui a parlé?

Le chef de station de la CIA avait martelé ces deux questions, d'une voix tendue par la rage.

Malheureusement, ni Malko, ni Chris Jones, ni Milton Brabeck ne semblaient pouvoir répondre à ses questions. L'Américain posa ses lunettes et continua d'un ton plus posé :

— Je suis convoqué dans une heure par Sir Bradley. Il m'a envoyé le rapport du CID.

L'homme déchiqueté par le métro est un des membres du KGB, chargé de la protection de Nicolas Silverman. Celui qui se trouvait avec lui et qui a pu s'échapper répond au signalement d'Oleg Penkowski. La nurse est à peu près certaine qu'il a poussé la vieille dame sous le train pendant qu'elle se débattait contre son agresseur... C'est un meurtre. Délibéré.

— Les Russes emploient les grands moyens, remarqua pensivement Malko. Ils ont assassiné sa mère pour faire sortir Ward de sa cachette. Il risque d'être à l'enterrement...

C'était tout à fait dans les méthodes du KGB. Malko ne pouvait s'empêcher de penser au secret qu'il avait confié à Sir Bradley. Le Britannique était-il au-dessus de tout soupçon? Personne dans « l'Espionnage Establishment » n'était à l'abri du doute. A moins que, de nouveau, les Soviétiques aient infiltré les Services britanniques.

Qu'il y ait une « taupe » dans l'entourage de Sir Bradley... Dans ce cas, Malko était responsable de la mort de la vieille dame.

— Vous êtes absolument sûr de Nicolas Silverman? demanda-t-il.

— Comme de moi-même, fit Pat Davis. Mr Silverman a été en rapport avec la *Company* depuis des années et sait garder un secret.

Malko se sentait de plus en plus mal à l'aise. Mais il ne pouvait parler de son indiscrétion à Sir Bradley sans encourir les foudres de Pat Davis. Il fallait résoudre le problème tout seul. La fuite ne pouvait venir que d'un intime.

Lui aussi avait juré n'avoir parlé de rien à personne. Ce n'était quand même pas Pamela Rice qui travaillait pour les Russes. Il restait seulement Zina la Libanaise. Un souvenir lui revint brusquement. Un regard et une remarque.

C'était une possibilité. Il ne serait pas tranquille tant qu'il ne l'aurait pas éliminée.

En tout cas, il risquait d'y avoir du monde à l'enterrement de Mme Ward.

*
* *

Tous les immeubles de Mount Street étaient identiques, deux étages en pierre ocre. Malko s'arrêta devant le numéro 110, semblable aux autres, et appuya sur le bouton « Z. Sabet ». En vain. Zina n'était pas chez elle. Il insista, attendit et finalement décida d'aller attendre à l'hôtel *Connaught* à vingt mètres de là, sur Carlos Place.

Au moment où il s'éloignait, la porte du magasin de décoration du rez-de-chaussée s'ouvrit sur une grosse femme à lunettes.

— Vous cherchez Miss Sabet? Elle est sortie.

— Vous ne savez pas quand elle rentre?

La grosse femme secoua la tête avec un air pincé.

— Oh, pas de sitôt. Elle est à son club.

— A son club? répéta Malko.

— Oui, là où elle joue avec ses amis arabes. Le *Casanova* ou un truc comme ça. Elle m'a prévenue parce qu'on doit lui apporter un paquet.

— Je vous remercie, dit Malko.

Il s'éloigna et fonça directement sur le voiturier en haut-de-forme du *Connaught*.

— Connaissez-vous un club de jeu, le *Casanova*?

— Certainement, Sir, 14 Hay Hill Street. Vous désirez un taxi?

— Oui, dit Malko.

*
* *

Le *Casanova* ressemblait à un mauvais décor hollywoodien avec ses plafonds bleu roi et rouge rehaussés de dorures. Malko regarda autour de lui. A part les croupières en longues robes rouges — toutes dotées de fabuleuses poitrines, probablement pour encourager les princes à se ruiner dans la joie — le spectacle était assez déprimant. De vieilles ladies ridées et décorées comme des arbres de Noël et des hommes au teint basané. Seule, la table de « crap » possédait des croupiers hommes.

Des cris et des rires venaient d'une table de roulette, à l'autre bout de la salle, derrière un pilier. Il le contourna et s'immobilisa.

Zina Sabet était installée en face d'une pile de jetons mauves, entourée de deux filles aussi brunes qu'elle et de quatre ou cinq Arabes. Vêtue d'une robe blanche très sage.

Malko s'approcha. Le 6 venait de sortir. Elle avait perdu. Doucement, il lui posa la main sur l'épaule. Elle sursauta, se retourna et, presque aussitôt son visage s'éclaira d'un sourire.

— Malko! Comment m'avez-vous retrouvée ici?

— Je suis passé chez vous, dit-il. Je voulais vous inviter à dîner.

Le sourire s'accentua.

— A dîner! Comme c'est gentil. Mais, il faut que je me change.

Elle était déjà debout, empilant ses jetons dans son sac. Comme si elle était pressée de partir. Elle dit quelque chose en arabe à la petite boulotte assise à côté d'elle, prit le bras de Malko et l'entraîna. Perplexe. En ce moment, elle n'avait

vraiment pas l'air d'une étudiante en pharmacie.
— J'adore jouer, dit-elle à Malko en descendant l'escalier. Tous mes amis libanais viennent ici tous les jours.
— Et vous gagnez?
Elle rit.
— Quelquefois. Mais je ne joue pas gros. Alors, nous allons chez moi que je me change? Où m'emmenez-vous dîner?
— Je ne sais pas encore, dit Malko. *Annabel's* ou *Mirabelle.*

*
* *

L'escalier était si raide que Malko fut heureux de pouvoir s'asseoir et reprendre son souffle. Il ne s'était jamais complètement remis des blessures reçues à Hong-Kong. Zina avait disparu dans la chambre, laissant la porte ouverte. Le petit deux-pièces était mal meublé et sombre.
— Laquelle préférez-vous?
La Libanaise venait de réapparaître tenant une robe dans chaque main. Une noire et une verte. Vêtue d'une robe de chambre de satin grège et de dentelle, qui ne cachait rien de ses formes. Comme Malko ne répondait pas, elle jeta les deux robes sur un fauteuil, vint s'asseoir près de lui, passa les bras autour de son cou.
— Pourquoi êtes-vous venu me voir?
— Pour ça, dit Malko.
Il avait sorti doucement le Hi-Standard de sa poche et en appuyait l'extrémité du canon sur la dentelle au-dessus du nombril.
Les pupilles de Zina se dilatèrent en une fraction de seconde. Sa mâchoire parut se décrocher. Elle balbutia d'une voix complètement détimbrée :
— Non, non. Ne me...

De la main gauche, Malko lui prit les cheveux, la forçant à le regarder.

— Zina, pour qui travaillez-vous?

— Je ne comprends pas. Vous savez que je fais mes études.

Sans rien dire, Malko retira le pistolet de son estomac, mit le canon à côté du visage de la jeune femme et appuya sur la détente. Il y eut un « plouf » sec. Zina poussa un hurlement hystérique, recula si violemment qu'elle tomba à terre.

— Arrêtez, cria-t-elle, je suis blessée!

Ce n'était que la douille brûlante, qui, éjectée, l'avait frappée au front. Malko se leva, reprit Zina par les cheveux et posa le canon sur son front.

— Je ne vous ai pas blessée, dit-il, mais je vais vous tuer.

Elle se redressa, à genoux, enserrant ses jambes de ses bras, gémit.

— Mais pourquoi! Vous êtes fou.

— Vous travaillez pour un « Service ». Je veux savoir lequel.

Elle s'était reprise un peu, malgré sa terreur. Il sentit ses mains qui s'activaient contre sa ceinture. Il les écarta d'un geste sec.

— Je ne suis pas venu pour cela, dit-il. Quelqu'un est mort à cause d'une indiscrétion. Si vous ne dites pas la vérité, je vous tire une balle dans la tête.

La petite phrase trottait dans sa tête. « Le Renseignement est un métier de seigneur. » Ce n'était pas un métier de seigneur qu'il faisait en ce moment... un duel de poker entre la Libanaise et lui. S'il ne l'intimidait pas suffisamment, il ne la briserait pas. Or, il la sentait en train de se reprendre...

— Alors? répéta Malko.

Il appuya encore plus le canon du pistolet. Zina hurla.

— Non! Non!

— Parlez, dit Malko.

Elle secoua la tête hystériquement.

— Non, non, je ne peux pas, ils me tueront.

D'un coup, les nerfs de Malko se dénouèrent. Il ne s'était pas trompé.

— Vite! insista-t-il.

Zina se tortillait, pleurnichant, accrochée à lui. Le peignoir s'était ouvert sur des gros seins blancs, déjà affaissés, mais elle s'en moquait complètement.

— Vous ne savez pas... Je ne peux pas.

Malko ne relâcha pas sa pression. Il imaginait la terreur de la vieille dame projetée sous le métro londonien. Froidement. Comme on pousse un pion sur un échiquier...

— Pour qui, Zina? dit-il. C'est la dernière fois que je vous le demande.

Il devina plus qu'il n'entendit « les Russes ». Ça y était, elle avait franchi le pas... Maintenant tout était clair. Malko se souvenait que le Texan avait prononcé le nom de Théo Ward devant elle, chez *Annabel's*, après l'attaque. Cela avait suffi à mettre le KGB sur la piste. Zina était ce que les Russes appellent une « hirondelle ». Ils en utilisaient des centaines de par le monde. Sans rentrer son pistolet, il demanda :

— Pourquoi travaillez-vous pour eux?

La tête baissée, Zina dit d'une voix monocorde :

— Ils m'ont contactée à Beyrouth il y a deux ans. Un jeune diplomate, Micha. J'ai eu une aventure avec lui. Il était très gentil. Il m'a emmenée une fois à Moscou, il m'a traitée comme une reine. Puis, il m'a annoncé qu'il était nommé à Londres, qu'il voulait que je le suive, qu'il paierait mes études. J'ai accepté. Et puis... Elle renifla. J'aime jouer, et cela coûte cher! Micha me donnait de plus en plus d'argent. Puis, un jour, il m'a emmenée chez *Annabel's* et m'a montré Nicolas Silverman.

— Je voudrais que tu fasses sa connaissance, me dit-il.

Comme je ne comprenais pas, il m'a dit la vérité. Tout l'argent que j'avais déjà touché venait du KGB. J'étais idiote, cela avait transité par mon compte en banque. Il menaça de me dénoncer aux Anglais comme espionne. Alors, j'ai eu peur. J'ai accepté de travailler pour lui.

— Et vous êtes devenue la maîtresse de Silverman?

Elle inclina la tête.

— Que vous ont-ils demandé?

— Ils voulaient savoir tout ce qu'il faisait... Qui il voyait.

Décidément, les Russes se méfiaient même de leurs amis.

Malko remit son pistolet dans la poche de son manteau.

— C'est vous qui leur avez parlé de Théo Ward?

— Oui, avoua-t-elle dans un souffle.

Elle se releva et serra sa robe de chambre autour d'elle.

— Votre ami Micha est toujours à Londres?

— Oui, dit-elle d'une voix presque inaudible. Il est troisième secrétaire à l'ambassade. Il vient me voir ici souvent. Il a une clef.

Zina le fixait de la terreur plein les yeux. Fini le numéro de charme. L'hirondelle avait les ailes coupées.

— Qui êtes-vous? demanda-t-elle, craintivement. Comment avez-vous su? Qu'allez-vous faire?

Il plongea ses yeux d'or dans les grandes pupilles noires.

— Vous avez envie de continuer à vivre bien?

Elle hocha la tête affirmativement.

— C'est très simple, dit-il. Il suffira de faire exactement ce que je vous dis. Pour commencer, vous ne parlez pas à Micha de ma visite. A partir de maintenant, vous me direz tout ce que vous savez...

— Je vous promets, dit-elle.

Malko se leva.

— Zina, dit-il, si vous aviez la mauvaise idée de parler à votre ami Micha, il vous tuerait. Souvenez-vous-en.

Elle ne bougea pas lorsqu'il ouvrit la porte. En descendant l'escalier étroit et raide, il se dit que Sir Bradley allait apprécier le cadeau. Un agent double cela pouvait toujours servir. Surtout une femme. Evidemment cela ne vit jamais très longtemps. Il avait décidé de faire ce cadeau au M. I. 6 plutôt qu'à la CIA.

***

Nicolas Silverman contemplait son telex d'un œil torve. Il se retourna nerveusement lorsque Malko entra. Un verre de *J & B* à la main, il semblait ailleurs. Pourtant, la grosse Tchaika du KGB était garée dans Halkin Street, à côté de celle des gorilles. Elko Krisantem n'était jamais à plus de cinq minutes de son nouveau maître...

— Qu'est-ce qui ne va pas? demanda Malko.

L'Américain hésita à répondre, puis laissa tomber :

— Pamela.

— Quoi, Pamela?

— Elle ne veut pas dîner avec moi ce soir...

C'était tellement énorme que Malko faillit éclater de rire. Cet homme qui traitait d'égal à égal avec Brejnev, qui gagnait des millions de dollars, se comportait comme un gamin malheureux.

— Ce n'est pas grave, dit-il d'un ton enjoué, je la remplacerai.

Le Texan secoua la tête avec tristesse.

— Elle me téléphonera peut-être. Je ne sais pas si son dîner se termine tard. Je préfère rester ici.

— Eh bien, nous dînerons ici, conclut Malko. Nous pourrons faire un tournoi de back-gammon...

Plutôt soulagé. Entre Krisantem, les gorilles, le KGB dehors, et lui, Nicolas Silverman était en relative sécurité. La piste Mandy Keeler s'arrêtant net, Malko ne voyait pas ce qu'il pouvait faire pour retrouver Volodia ou Ward avant l'enterrement. Nicolas Silverman le remercia d'un sourire misérable.

— Je ne serai pas un convive très drôle.

— Je comprends, dit Malko.

Il sentait que le Texan avait envie de parler, mais ne voulait pas le forcer. Silverman abandonna son telex pour aller s'effondrer en face d'une grande photo de Pamela Rice en robe de paillettes noires. Eblouissante comme le péché.

— Je suis fou d'elle, dit-il, comme pour lui-même.

— On ne peut pas vous blâmer, approuva Malko. Miss Rice est tout à fait exceptionnelle...

Il aurait eu mauvaise grâce à prétendre le contraire. Encouragé, le Texan continua :

— Oui, mais je ne sais pas si elle m'aime.

Malko haussa les épaules avec philosophie.

— Ce sont des choses qu'on ne sait pas toujours. Ou qu'on apprend trop tard. Vous n'êtes pas le seul dans votre cas. Profitez de la vie.

— Le problème, fit le Texan c'est que je ne profite pas de la vie. Je me ronge. J'ai l'impression qu'elle est sur le point de me quitter. Elle a rencontré un homme bizarre, un amateur d'art mondain, malsain, drogué, qui flatte ce qu'il y a de plus discutable chez elle. Mais qui la fascine. Elle dit que je suis trop pur pour elle. Je crois qu'elle est sincère, qu'elle a peur de me faire mal, mais je la veux telle qu'elle est.

Il parlait comme s'il avait été seul. Malko le regarda pensivement. Comment réagirait-il s'il savait? Son métier de barbouze le poussait à parler. A dégoûter le Texan de cette garce. Pour qu'il prenne enfin l'avion de Moscou. Mais, « Le Renseignement est un métier de seigneur »... Il ne pouvait vraiment pas.

— Cela s'arrangera, dit-il sans en croire un mot. On ne changeait pas une femme comme Pamela Rice.

Nicolas Silverman répéta :

— Oui, cela s'arrangera. D'une façon ou d'une autre... Vous avez raison. Je vais peut-être téléphoner à Zina pour ce soir. Ça donnera une leçon à Pamela.

— Très bien, dit Malko. Je dois passer au *Hilton*, me changer, je vous retrouve ici dans deux heures.

— Prenez la Daimler, proposa le Texan. Je ne bouge pas.

*
* *

Malko avait mis presque dix minutes à franchir Hyde Park Corner. C'était la mauvaise heure. Il se demandait comment l'enterrement, prévu le lendemain, allait se passer.

Les Anglais ne supporteraient pas un troisième « incident ». Le calcul cynique du KGB allait-il s'avérer exact? Quelles allaient être les consignes de la CIA concernant Théo Ward?

Et si Ward n'apparaissait pas?

Tout était possible.

La Daimler tourna doucement devant le *Hilton* et s'arrêta en face de l'entrée. Le portier se précipita pour ouvrir la portière et souleva sa casquette.

— *Good evening, Sir.*

Au moment où Malko descendait, les battements de son cœur s'accélérèrent brusquement. Une silhouette venait de se détacher du mur et avançait vers lui. Mandy Keeler, les mains dans les poches d'un imperméable marron, les yeux durs, les cheveux serrés dans un turban, les traits tirés.

*
* *

La portière de la Daimler claqua derrière lui avec un bruit sourd qui lui parut sinistre. La grosse voiture s'ébranla aussitôt, talonnée par un taxi.

Mandy Keeler avançait vers lui, les mains toujours enfoncées dans les poches de son imperméable. La beauté de ses traits était encore accentuée par l'absence de maquillage. Elle s'arrêta à un mètre de lui, rigoureusement immobile. Mais ses yeux suivaient chacun de ses mouvements.

— C'est moi que vous êtes venu voir? demanda-t-il.

Elle inclina la tête.

— Oui.

— Venez dans le *lobby*, proposa-t-il. Il fait froid ici.

Le visage de la jeune femme était blanc de froid. Mais elle secoua la tête.

— Non.

— Que voulez-vous? demanda Malko.

Les traits de Mandy Keeler semblèrent se rétrécir encore.

— Vous le savez, dit-elle, vos amis ont tué Mme Ward. Ensuite ce sera mon tour, puis celui de Leonid. Vous êtes des assassins, des assassins.

Elle parlait d'une voix basse, contenue, haineuse. Malko sentit qu'il fallait la calmer à tout prix. Il essaya de lui prendre le bras, mais elle recula, avec une sèche interjection :

— Ne me touchez pas!

Il s'arrêta.

— Nous ne sommes pas des assassins, dit-il, ce sont les Soviétiques qui ont assassiné Mme Ward. Je n'y suis pour rien. Je vous ai dit qu'il fallait que je rencontre votre ami...

— Pour le tuer aussi, fit-elle amèrement. Comme Mme Ward. C'est pour cela que vous êtes venu chez moi. Vous travaillez avec les Soviétiques. Elle se tut, murmura : Salaud...

Malko était bouleversé.

— Mandy, dit-il, ne vous mêlez pas de cela? Pourquoi êtes-vous venue ici? Pourquoi Leonid Volodia veut-il tuer Nicolas Silverman?

Mandy Keeler se rapprocha encore, crachant au visage de Malko :

— Parce qu'il veut empêcher les communistes de dominer le monde! Et je l'approuve.

— C'est stupide de vouloir tuer Nicolas Silverman. Il en viendra un autre. On ne change pas le cours de l'Histoire en tuant les gens.

— Si, dit à voix basse Mandy Keeler. On le change. Je vais faire une surprise à Leonid.

Il ne sait même pas que je suis là. Mais il sera content quand il saura que je vous ai tué.

Brusquement, elle fit un pas en arrière. Sa main droite émergea de la poche de l'imperméable. Elle tenait un pistolet automatique noir. Un Walther PPK S calibre 22. Le chien était relevé, le doigt de la jeune femme était crispé sur la détente. Elle sembla s'amaigrir d'un coup, ses joues se creusèrent, ses yeux prirent une expression fixe. Malko pensa à sa propre arme, glissée dans sa ceinture. Mais il fallait qu'il ouvre son manteau, qu'il la prenne. Il n'aurait jamais le temps. Et il ne pouvait pas tirer sur une femme, même au risque de sa propre vie. Il ne lui restait que la persuasion.

— Mandy, dit-il, calmez-vous.

La jeune femme, pour toute réponse tendit le bras, le canon du PPK S était à quelques centimètres de la poitrine de Malko. Il y eut un cri derrière eux. Le voiturier venait de s'apercevoir de ce qui se passait.

— Salaud! répéta Mandy Keeler.

Malko ne voyait plus que le trou noir de l'automatique braqué sur lui et la main derrière. Comme dans un cauchemar, il vit l'index enfoncer la détente du PPK S.

CHAPITRE XI

La détonation fit vibrer les tympans de Malko, projeta un flot d'adrénaline dans ses artères. Instinctivement, il se jeta de côté, tentant d'éviter le projectile du PPK S. Tout en sachant que c'était impossible. Il tomba, surpris de ne pas sentir le choc de la balle. Sa main plongea sous son manteau, pour prendre son propre pistolet, mais il arrêta son geste, stupéfait et horrifié.

Mandy Keeler titubait, les deux mains crispées contre son visage inondé de sang. Elle avait lâché le PPK S qui gisait à terre. Elle poussa un cri atroce, tomba à genoux, puis sur le côté, hurlant, recroquevillée en chien de fusil sur l'asphalte. Le portier du *Hilton* accourut, affolé, s'accroupit près d'elle.

— *My God!* Il faut appeler une ambulance...

Le cœur cognant dans sa poitrine, Malko contemplait le visage arraché de Mandy Keeler. Il y avait un trou gros comme une pièce de cinq francs dans sa joue, là où l'arrière de la culasse lui avait fait éclater le visage, la tuant pratiquement sur le coup. La main qui avait tenu l'arme était criblée de petits éclats ainsi que le cou et le haut de l'imperméable. Mandy Keeler eut un ultime spasme et cessa de crier, les mains crispées sur son visage. Malko regardait, fasciné d'horreur, ce qui restait du PPK S. La culasse avait disparu. Le canon avait éclaté, et c'étaient ses éclats qui avaient criblé Mandy. Seule, la balle qui aurait dû le tuer n'était jamais sortie du canon... Leonid Volodia lui avait involontairement sauvé la vie. Mandy avait dû lui prendre une de ses armes truquées sans lui en parler.

Les gens commençaient à s'attrouper autour du cadavre. Le voiturier arriva avec une couverture bleue qu'il jeta sur le corps de la jeune femme, puis il prit Malko par le bras, avec douceur.

— Sir, c'est terrible, j'avais bien vu que vous vous disputiez, mais je ne pensais pas que la jeune dame ferait une chose pareille.

Malko se laissa entraîner dans le *lobby*. Dès qu'il fut chez lui, il s'enferma et se rua sur le téléphone. Avant tout prévenir Sir Bradley. Toujours de bonnes nouvelles... Les employés du desk le contemplaient avec la curiosité due à une vedette de faits divers. Ce n'était pas tous les jours qu'une jolie femme se suicidait pour un client devant la porte du *Hilton*.

— Je vais dans ma chambre, dit-il.

*
* *

— La cartouche était vraisemblablement chargée avec du tétryl, annonça l'homme en blouse blanche. Sa percussion a fait exploser la chambre et a projeté la culasse en arrière. Le canon était obstrué de façon à ce qu'aucun projectile ne puisse partir. C'était une arme faite uniquement pour tuer ou blesser grièvement celui qui s'en servirait...

Sir Maurice Bradley regarda pensivement les

morceaux du PPK S alignés sur son bureau, sur un morceau de daim blanc. La « Special Branch » avait réagi brutalement. Moins de deux heures s'étaient écoulées depuis la mort de Mandy Keeler.

— Je vous remercie, Dereck, dit-il, vous pouvez emporter ceci.

Dès que son collaborateur fut parti, le Britannique se renversa en arrière dans son fauteuil, fixant Malko.

— Qui est au courant de cet incident?

Malko réfléchit rapidement.

— Je n'ai rien dit à Pat Davis comme vous me l'avez demandé. Il y a, bien sûr, les amis de Mandy Keeler, Leonid Volodia et Théodore Ward. Plus ceux qui connaissent les liens de Volodia et de Miss Keeler. Ils risquent de se douter que ce n'est pas un suicide.

— Vous l'avez échappé belle, dit le patron du M. I. 6. Si le pistolet n'avait pas été truqué...

Malko y pensait encore. Mais c'étaient les risques du métier de seigneur...

— Quel est votre plan? demanda-t-il. Nous ne pouvons pas continuer le massacre. Indéfiniment. Vous ne pouvez pas nous aider à retrouver Volodia et Ward?

Sir Bradley eut un mince sourire.

— Le CID est sur leurs traces, mais c'est très difficile. Cela peut prendre des semaines. Volodia a disparu et nous n'avons aucune trace. Il faut attendre l'enterrement.

— Et Ward? demanda Malko, il doit être plus facile à retrouver.

Sir Bradley secoua la tête.

— Non, nous n'avons que l'adresse de sa mère... Je me demande si tout cela n'était pas prémédité. Il n'était pas venu en Angleterre depuis cinq ans. Je m'étonne de la lenteur de la CIA à s'émouvoir des menaces contre Mr Silverman. Ils ont mis plus d'un mois à se remuer vraiment. Ils savaient pourtant que Volodia était dangereux. Il avait déjà attaqué plusieurs consulats soviétiques dans les pays nordiques et avait menacé de se faire sauter avec une bombe devant les Nations Unies...

— C'est curieux en effet, reconnut Malko.

Sir Bradley se leva. Une lumière rouge clignotait sur son bureau. Malko l'imita, mais une question lui brûlait les lèvres :

— Sir Maurice, demanda-t-il, pourquoi me convoquez-vous, moi? Et non, Mr Davis qui est responsable de la CIA dans votre pays?

Le Britannique toisa Malko quelques secondes avec un sourire amusé. Puis il hocha la tête.

— C'est une bonne question, dit-il, comme pour lui-même. Une très bonne question. Mais vous en connaissez la réponse...

— Non, fit Malko surpris...

Sir Bradley accentua son sourire et dit en allemand :

— *Nachrichtendienst ist Herrendienst.*

*
* *

Le taxi remontait lentement le long de Hyde Park; noyé dans une circulation démentielle. Si lentement que Malko en eut assez. Il paya et descendit, continuant à pied. Un passant le bouscula, et il eut un sursaut, le cœur dans la gorge... Si cela avait été Leonid Volodia, il serait mort... Une Rolls le doubla lentement, surmontée d'une antenne de télévision, avec au volant une fille de vingt ans en blouson de toile, et en couettes...

L'Angleterre bougeait.

Il ne restait aucune trace du drame, en face du *Hilton*. Quelqu'un avait lavé le sang de Mandy Keeler. Il pénétra dans l'hôtel, montra son épingle aux gardes et prit sa clef. On se serait cru à Belfast. La direction du *Hilton* avait été jusqu'à faire modifier tous les fauteuils du *lobby* pour qu'on ne puisse rien glisser dessous...

La lumière rouge du téléphone de sa chambre clignotait. Un message de Nicolas Silverman, un autre de Pat Davis. Le Texan devait se demander ce qu'il faisait. Il était presque neuf heures.

*
* *

Nicolas Silverman contemplait son mandarin de laque rouge d'un air abattu, un monceau de papiers à côté de lui. Krisantem venait de glisser dans l'oreille de Malko que le Texan paraissait particulièrement fébrile et déprimé. A l'intention de Malko, il grimaça un sourire.

— Il y a du nouveau. Souslov veut que je parte après-demain.

— Bonne idée, exulta Malko. Vous allez pouvoir vous détendre.

Le Texan secoua la tête.

— Ne dites pas de bêtises, vous savez bien que je ne partirai pas.

— J'ai besoin de me changer les idées. J'ai invité Zina. Est-ce que vos amis Jones et Brabeck veulent venir?

— Je crois que ce serait plus prudent, dit Malko.

Chris Jones et Milton Brabeck étaient étalés dans le petit salon voisin devant la télévision, leur artillerie à portée de la main, une caisse de bière *Beck's* sur le tapis. Chris Jones avait remplacé le « Mafia Special » par un Smith et Wesson automatique calibre 38 avec un chargeur de quinze cartouches.

— On sort? demanda le gorille.

— On sort, dit Malko. Chris vous ne quittez pas Silverman des yeux, une seule seconde. Vous respirez son air et vous tirez si quelqu'un bouge une oreille. OK?

— OK, approuva le gorille.

Il appréciait ce langage énergique... Il y eut un coup de sonnette. Krisantem introduisit Zina Sabet. Avec une expression qui en disait long sur ses sentiments. La Libanaise portait une robe noire stricte et son éternel chapeau de feutre noir qui la faisait ressembler à un gros champignon. Elle serra la main de Malko comme si de rien n'était, embrassa le Texan et s'installa sur un pouf, les genoux serrés. Nicolas Silverman paraissait avoir repris un peu de poil de la bête...

— Je vais vous emmener dans un endroit étonnant, annonça-t-il avec une gaieté plutôt forcée. C'est Pamela qui me l'a fait découvrir.

Encore Pamela Rice!

***

L'officier SS en uniforme noir à parements argent, les cheveux ultra courts, la nuque rasée, inscrivit les cinq noms sur le dossier de l'entrée après avoir empoché les cinq billets de vingt livres. La petite entrée en sous-sol de l'hôtel particulier de Curzon Street était entièrement tapissée de velours noir, à peine éclairée. Malko se sentit mal à l'aise. C'était plus qu'une mise en scène de mauvais goût. Le SS était trop naturel, trop poli, ses yeux trop froids.

— Vous pouvez entrer, dit-il.

Il appuya sur un bouton, et la porte coulissa. Les murs de la pièce où ils pénétrèrent étaient recouverts de laque noire, avec des motifs d'argent, le plafond en miroirs, les sièges étaient de profonds canapés de cuir noir. L'orchestre se trouvait au fond. Des SS aussi, interprétant des airs vieillots. Presque tous les canapés étaient occupés par des couples. Elégants, des hommes assez âgés, des femmes jeunes, visiblement d'un bon milieu social.

Un cri jaillit d'un coin éloigné. Malko tourna la tête et aperçut une mêlée confuse. Un serveur déguisé en SS avait posé son plateau et s'agitait sur une fille qu'il avait retournée brutalement sur un tas de coussins et qu'il forçait, sous les yeux de son cavalier impassible.

— Nom de Dieu, fit Chris Jones qui avait une âme simple, on est chez les dingues!

Nicolas Silverman ôta ses lunettes et se frotta les yeux.

— Non, dit-il, tout est organisé. Ce sont deux jeunes gens richissimes qui ont eu l'idée de recréer le décor du film *Portier de nuit*, en en faisant un club très fermé. La cotisation est de mille livres. Tout peut vous arriver dans un certain domaine à partir du moment où vous franchissez la porte. Il paraît que certains membres de la famille royale y viennent de temps en temps incognito.

Cela rappelait à Malko l'étrange soirée à Berlin, chez l'amant de la comtesse Adler, avec les faux officiers russes. Au moment où on leur apportait un magnum de Moët et Chandon, il y eut un bruit de verre brisé, non loin d'eux. Deux SS jeunes et beaux étaient en train d'arracher à son compagnon une femme d'une quarantaine d'années, encore belle, vêtue d'une longue robe blanche. Ils la traînèrent jusqu'à une petite estrade, près de l'orchestre, alors qu'elle se débattait mollement. Milton Brabeck esquissa le geste de se lever. Le Texan posa une main sur son bras.

— Ne bougez pas, elle est consentante.

Les deux SS lui attachèrent les mains. L'un d'eux commença à lui cingler le dos à coups de fouet. L'orchestre jouait *The man I love.* Son mari, ou son amant, regardait, fasciné, mais ne bougeait pas. Les garçons continuaient à circuler. Malko détourna la tête, dégoûté, croisa le regard de Zina, vit ses seins se soulever sous le tissu léger de sa robe.

— C'est dégoûtant, dit-elle, j'ai peur.

Elle croisa les jambes nerveusement, posa la main sur sa cuisse. Il n'était pas certain que ce soit la peur qui la mette dans cet état. Les coups de fouet étaient arrêtés. Les deux SS sur l'estrade libérèrent la femme et la traînèrent jusqu'à son canapé, puis s'éloignèrent sans un mot.

Aussitôt, l'homme qui l'accompagnait se jeta brutalement sur elle. Malko leva soudain les yeux. Deux SS beaux comme des anges du mal venaient de s'arrêter devant leur table. Ils examinèrent Zina sans un mot, comme on regarde un animal dans une foire. L'un d'eux fit claquer ses doigts. Malko allait intervenir quand Nicolas Silverman lui glissa à l'oreille :

— Laissez, elle est déjà venue.

La Libanaise se leva comme un automate. Aussitôt, un des SS la tira brutalement par les cheveux, l'entraînant dans une espèce de box, mal éclairé. Les deux hommes s'y assirent et disparurent aux yeux de Malko jusqu'aux épaules. Celui qui tenait Zina par les cheveux, la força à s'agenouiller entre les deux. Elle disparut complètement aux yeux de Malko. Celui-ci ne voyaient plus que le profil des deux SS. Pas un muscle de leur visage ne frémissait. Pourtant, au mouvement du bras qui tenait toujours les cheveux de Zina, il était facile d'imaginer le traitement qu'elle offrait alternativement aux deux hommes.

— *My goodness!*

Les deux gorilles échangèrent un regard horrifié. Cela dura encore plusieurs minutes. Un violoniste s'était détaché de l'orchestre et jouait devant le trio.

Enfin, la Libanaise se releva et revint à la table de la même démarche d'automate.

Chris Jones et Milton Brabeck étaient écarlates. Zina, sans un mot, prit son sac et partit vers les toilettes. Le Texan se pencha vers Malko.

— Les femmes du monde viennent ici réaliser leurs phantasmes. Dans une autre pièce, il y a des choses encore plus compliquées. On met des gens en croix, on livre des femmes à des chiens.

— C'est immonde, dit Malko.

Sincèrement dégoûté. Sentant sa réaction, le Texan n'insista pas. Dès que Zina revint, il se leva.

— Rentrons.

Malko retrouva la fraîcheur de Curzon Street avec délices. Il espérait ne jamais remettre les pieds dans ce club de désaxés. Personne n'échangea un mot jusqu'à Halkin Street. Malko aurait bien regagné sa suite au *Hilton*, mais il sentait que Chris et Milton n'en pouvaient plus.

— Je couche là, leur dit-il. Allez dormir.

*
* *

Malko se réveilla en sursaut. Il lui avait semblé entendre crier. Il passa un slip, saisit son pistolet et sortit dans le couloir. Il y avait encore de la lumière dans le living dont la porte était ouverte.

Zina Sabet était couchée sur le bras du grand divan, les chevilles et les mains liées avec des foulards de soie, le visage caché dans les coussins, Nicolas Silverman écrasé sur elle, avec une grimace d'effort presque désespérée. Malko se retira sur la pointe des pieds. Plaignant Nicolas Silverman de tout son cœur. Rien de ce qu'il avait fait ce soir ne le guérirait de son mal. Il n'arriva pas à se rendormir facilement, cherchant à deviner ce que Leonid Volodia avait pu imaginer pour la journée du lendemain.

CHAPITRE XII

Malko regardait, le cœur serré, le ruban attaché à l'énorme couronne qui occupait tout l'arrière de l'immense Austin Princess aménagée en corbillard. « *To my beloved mother* »[1].

Le croquemort avait du mal à écarter les deux battants de la grille du cimetière de Highgate, tant les gonds étaient rouillés. Depuis des années, le grand cimetière qui occupait tout un flanc de Highgate Hill, était pratiquement à l'abandon. Les caveaux se disjoignaient, l'herbe poussait entre les tombes, les allées boueuses se dissolvaient. On aurait dit un décor pour film d'horreur.

Majestueusement, la grosse Austin Princess s'engagea dans la petite allée qui coupait toute la partie est du cimetière. Derrière elle, s'engouffra un vrai petit convoi.

D'abord une Daimler noire, puis une Rover bleu marine et enfin une longue et massive Volga russe immatriculée C.D. Toutes ces voitures avaient un point commun : elles ne contenaient que des hommes. Les quelques amis venus rendre un dernier hommage à Mme Ward étaient stupéfaits. Ils n'auraient jamais pensé que la

[1] A ma mère bien-aimée.

vieille dame eût un enterrement aussi imposant. Eux suivaient à pied, descendus de leur minibus, la grosse Princess.

Au volant de la Daimler, Malko se tourna vers Pat Davis :

— Les Russes ont fait un mauvais calcul. Il ne va pas venir. Il n'est pas fou, il sait qu'ils l'attendent...

L'Américain secoua la tête.

— Ce n'est pas sûr. Il *est* fou.

A l'arrière, Chris Jones et Milton Brabeck avaient sorti leur artillerie. Ce qui risquait de poser des problèmes. Car, dans la Rover, il y avait quatre policiers de la Special Branch de Scotland Yard, bien décidés à éviter tout incident.

Or, au volant de la Volga, il y avait le capitaine Oleg Penkowsky. A cause de l'immatriculation diplomatique on n'avait pu la fouiller.

— On ne pouvait pas empêcher les Russes de venir? demanda Malko.

— Même pas, fit Pat Davis. Vous savez comment on appelle ce cimetière : Karl Marx Cemetery! C'est là qu'est enterré Karl Marx. Ils ont prévenu avant hier qu'ils avaient l'intention de venir déposer une couronne ce matin. Pas question de les en empêcher sous peine d'incident diplomatique. D'ailleurs, tenez, voilà la tombe de Karl Marx!

Malko tourna la tête et aperçut un peu plus loin sur la droite de l'allée qui tournait et descendait un grand buste de Karl Marx, sur un gigantesque socle de marbre.

Juste en face, il y avait un espace libre où les fossoyeurs s'activaient : la tombe de Mme Victoria Ward. L'Austin Princess s'arrêta. Les fossoyeurs ouvrirent les portes arrière et entreprirent de sortir le cercueil.

Derrière eux, une portière claqua. Malko sursauta. Ce n'était qu'Oleg Penkowsky descendu se dégourdir les jambes. Un énorme bâtiment vieillot dominait toute cette partie du cimetière. Chris Jones se pencha.

— Qu'est-ce que c'est?

— Un hôpital, dit le chef de station de la CIA.

Le gorille ricana :

— Eh bien, dites donc, quand on est là, on est déjà presque arrivé.

Personne ne rit.

Les fossoyeurs étaient en train de descendre le cercueil dans la fosse de douze pieds.

— A propos, dit Malko, quelle doit être notre attitude si Mr. Ward se présente?

Silence pesant. Pat Davis passa sa langue sur ses lèvres.

— Il ne viendra pas, dit-il d'une voix mal assurée. Mais s'il venait, ce serait extrêmement embarrassant. Je sais que les Anglais veulent l'interroger. A cause surtout de la mort de Miss Keeler.

— Il risque de parler de vos petits secrets, remarqua Malko. Ce serait gênant...

Pat Davis devint écarlate. Des gouttelettes de sueur étaient apparues sur son front. Malko se dit que le chef de station de la CIA devait souhaiter de tout son cœur que les Soviétiques prennent la responsabilité de liquider Théo Ward.

Les Anglais les arrêteraient, et tout le monde serait content... Seulement, il y avait quelques hics... Les policiers de la Rover ne laisseraient pas les hommes du KGB transformer le cimetière en champ de bataille. Et Mr. Ward avait peut-être aussi son idée de la situation. Ainsi, que Leonid Volodia. L'homme qui les haïssait tous aveuglement... Une pluie fine se mit à tomber, rendant le petit cimetière encore plus sinistre... Les vieilles amies de Mme Ward se serraient les unes contre les autres, les fossoyeurs, indifférents et pressés, finissaient leur travail. Oleg Penkowsky était remonté dans sa voiture.

Le silence retomba dans la Daimler. Malko qui observait l'allée devant lui, sursauta tout à coup.

Un homme de taille moyenne avec un chapeau, de grosses lunettes d'écaille, un pardessus à chevrons, s'avançait vers eux, venant de l'autre bout du sentier, entré vraisemblablement par la porte située en bas de la colline.

Le chef de station de la CIA l'avait vu aussi. Il se raidit :

— Bon sang, c'est lui, fit-il d'une voix blanche.

L'homme se dirigeait vers la tombe, à pas lents, les mains dans les poches, ignorant totalement les trois voitures arrêtées en face de lui.

Théodore Ward était quand même venu à l'enterrement de sa mère.

***

Malko croisa le regard de Pat Davis et y lut l'affolement le plus complet. L'Américain contemplait Théo Ward comme si c'était le diable. Celui-ci s'arrêta devant la tombe ouverte. Agissant absolument comme s'il était tout seul.

Des portières claquèrent derrière eux. Deux policiers anglais venaient de descendre de la Rover.

On aurait dit que le temps s'était arrêté. Il y eut un bruit sec à l'arrière de la Rolls, Chris Jones venait de vérifier le chargeur de son Smith et Wesson. La cérémonie se terminait. Les petites vieilles s'éloignèrent, glissant au passage un regard curieux aux voitures. Théodore Ward était toujours plongé dans sa méditation, tournant le dos au buste de Karl Marx.

Soudain, Théodore Ward se retourna avec lenteur. Son regard balaya les pare-brises des trois voitures et il parut les voir pour la première fois.

— Que voulez-vous faire? demanda Malko.

Pat Davis n'eut pas le temps de répondre. Théodore Ward s'était mis en marche vers eux. De la même démarche tranquille, le visage impassible, les mains dans les poches. Seule sa mâchoire contractée révélait sa tension. Il avait une vingtaine de mètres à parcourir.

— Bon sang, qu'est-ce qu'il va faire? s'exclama Pat Davis.

Malko s'en doutait. Il y avait une décision rapide à prendre. Cet homme était susceptible de transporter la mort sous tant de formes...

— Nous tuer, dit Malko tranquillement.

— *My God!* fit l'Américain.

Théodore Ward n'était plus qu'à cinq ou six mètres. Malko fut frappé par le regard vide, halluciné, fixe, le port de tête raide. Il essayait de deviner quelle forme de mort subite le vieil homme transportait avec lui... Il avait l'impression de se trouver à côté d'une bombe amorcée qui pouvait exploser à la moindre provocation.

Soudain, la voix de Pat Davis croassa à côté de lui :

— Tuez-le.

Malko regarda le chef de station de la CIA, interloqué. Vivant, Théodore Ward conduirait peut-être à Leonid Volodia. On pourrait enfin écarter le danger qui menaçait Nicolas Silverman.

Malko, tranquillement, ouvrit la portière de la Daimler et sauta à terre.

Théodore Ward leva les yeux sur lui et continua à avancer.

*
* *

Les deux hommes ne se trouvaient plus qu'à deux mètres l'un de l'autre. Malko s'arrêta. Il serrait son Hi-Standard au fond de sa poche, Théodore Ward parut enfin le voir. Ses yeux cillèrent rapidement, et il fit un pas de côté, comme pour l'éviter.

— Mr Ward, appela Malko.

Ward tourna la tête vers lui sans répondre. Il y avait des larmes sur son visage et les muscles de sa mâchoire tremblaient.

— Mr Ward, répéta Malko, je dois vous parler.

— Laissez-moi, dit le vieil homme.

Il n'y avait aucune nuance de menace dans sa voix, mais Malko s'écarta. La seule façon d'arrêter Ward était de tirer et il n'avait pas l'intention d'obéir à Pat Davis. Le vieux savant passa près de lui à le frôler, continuant son chemin. Se dirigeant vers la Volga des Soviétiques.

La voix de Pat Davis jaillit de la Daimler :

— Tirez! Tirez!

Malko ne bougea pas.

Les deux policiers du CID convergèrent vers Théo Ward, le visage fermé.

— Bon sang, ils vont l'arrêter, cria Pat Davis, Chris, Milton, abattez-le! C'est un ordre.

Le ton de sa voix avait brutalement changé. Malko réalisa que l'Américain obéissait à des ordres. Que quelque part dans un bureau de Washington, on avait décidé de liquider Théodore Ward, le renégat. Chris et Milton jaillirent hors de la Daimler. Malko n'avait toujours pas bougé. Il ne laisserait pas abattre Ward. Il le fallait vivant.

Au même moment, les deux policiers anglais passèrent chacun un bras sous ceux de Théodore Ward. Celui-ci commença à se débattre. Il se passa soudain une chose incroyable. Un des Anglais déboutonna rapidement le pardessus de Ward. Aussitôt, l'autre l'arracha de ses épaules et le jeta au loin comme si c'était un objet pestiféré.

Il atterrit au pied du buste de Karl Marx. A leur tour les deux autres policiers anglais descendirent de la Rolls, se plaçant entre Ward et les gorilles. Visiblement décidés à ne laisser personne intervenir.

Le strip-tease involontaire de Théo Ward continuait.

Avec une brutalité et une rapidité inattendues.

Le veston, la cravate, la chemise, le pantalon.

Le vieil homme se débattait mollement, un des policiers se baissa, l'autre poussa Ward, le faisant tomber dans la boue du sentier. En dix secondes, il n'eut plus de chaussures.

Ce strip-tease en plein cimetière avait quelque chose d'hallucinant! En chaussettes, slip et chemise, Théodore Ward ne semblait même pas sentir le froid. Malko connaissait la technique des policiers américains contre les drogués. C'était la même chose. Pat Davis regardait la scène. Blême.

Le strip-tease continuait. Après lui avoir arraché sa chemise, un policier lui tâta les mollets, baissa même son slip, lui ausculta les aisselles, lui ôta sa montre. Il était absolument nu.

Alors, un des deux autres intervint. Revenant

vers la Rover, il y prit un grand sac de toile et une couverture. Il jeta la couverture sur ses épaules et entreprit de ramasser les vêtements de Théo Ward et de les jeter dans le sac.

Pendant ce temps, les deux qui tenaient Théo Ward l'entraînèrent vers la Rover bleue.

Les quatre portières de la Volga s'ouvrirent. Les quatre Russes en sortirent en même temps et coururent vers les policiers qui entraînaient Ward, Oleg Penkowsky en tête. Les Anglais firent comme s'ils ne les voyaient pas. Oleg Penkowsky accéléra et s'immobilisa, entre la Rover et eux. Un des autres policiers anglais s'avança vers lui impassible.

— Sir?

Sans lui répondre le Soviétique s'adressa brutalement à Ward :

— Où est Volodia?

Ward le regarda sans répondre, comme s'il ne comprenait pas.

Le policier qui lui avait parlé, prit Oleg Pendowsky par le bras et l'écarta fermement.

— Sir, dit-il, cet homme est en état d'arrestation. Vous n'avez pas le droit de lui parler.

Chose inouïe! Au lieu de s'incliner, Oleg Penkowsky sortit un gros Tokarev automatique de sa poche et le braqua sur les policiers du CID.

— Nous avons besoin d'emmener cet homme, dit-il.

Médusés, les deux Anglais regardèrent alternativement l'arme et les visages fermés des trois autres Russes qui les entouraient. C'était impensable! Un attaché militaire étranger kidnappant un suspect détenu par la police britannique. Malko, qui observait la scène, n'en croyait pas ses yeux. Il n'aurait jamais cru que le KGB aille jusque-là. C'était l'incident diplomatique assuré. Les Soviétiques ne pouvaient agir ainsi qu'avec un ordre express du Kremlin.

Un des Russes s'avança soudain entre les Anglais et lui braquant une courte mitraillette. Les deux gorilles se raidirent, prêt à sortir leur propre arme.

— Ne bougez pas, ordonna Malko.

Le temps semblait s'être arrêté. Puis, un des policiers anglais dit à Oleg Penkowsky d'une voix outrée.

— Sir, vous êtes en état d'arrestation. Veuillez venir avec nous.

Le quatrième policier se rua dans la Rover et empoigna le téléphone. L'antenne de la voiture en frémissait d'indignation... Tout ce que Scotland Yard comptait de voitures dans le nord de Londres allait converger vers Highgate Hill. Oleg Penkowsky s'en doutait. Il avança et prit Ward par le bras. Malko s'attendait à une protestation du savant, mais ce dernier se laissa faire avec docilité. Comme s'il était drogué.

Un des policiers anglais se jeta brusquement sur le Soviétique, essayant de lui arracher son arme. Le Russe l'écarta d'un coup de coude et lui envoya un coup de crosse en plein visage. Le Britannique partit en arrière avec un cri de douleur, le visage en sang. Déjà Oleg Penkowsky arrachait Théo Ward à l'autre policier et le poussait vers les agents du KGB.

Il se retourna braquant son automatique sur la Rover.

— Restez là-dedans, cria-t-il.

Comme l'Anglais poussait la portière, il tira dans le pneu avant, puis braqua son arme de nouveau sur les trois Anglais. Celui qu'il avait frappé, s'était relevé, du sang plein le visage. Il dit d'une voix tremblante de rage :

— Je pense, Sir, que vous réalisez la gravité de votre acte! C'est un kidnapping et un outrage à la police de Sa Majesté la Reine.

Oleg Penkowsky n'écoutait même pas. Comme diplomate, il ne risquait guère que l'expulsion... Lentement, il recula vers la Volga tandis que les Russes entraînaient Théo Ward.

Malko se tourna alors vers Chris Jones et Milton.

— Couvrez-moi.

Les Soviétiques allaient torturer Ward à mort. Avec des gestes volontairement mesurés, Chris et Milton sortirent leurs armes. Le Russe à la mitraillette leva son arme. Indécis quand même.

Malko lui dit dans sa langue.

— Si tu tires, *tovaritch,* tu es mort toi aussi.

D'un geste calme il avait sorti son Hi-Standard et faisait face à l'agent du KGB. Les gorilles se retrouvaient enfin dans leur élément. Malko s'avança vers la Volga et cria en russe :

— Oleg Mikalovitch! Bavardons un peu!

Théodore Ward était déjà dans la Volga tassé à l'arrière entre deux Russes. Oleg Penkowsky se retourna lentement.

— *Da?*

Deux grandes rides encadraient sa bouche bien dessinée. Ses traits semblaient taillés dans la pierre. Son regard enregistra le pistolet de Malko sans changer d'expression. Il n'avait pas rentré son Tokarev. Malko avança jusqu'à lui.

— Fais-le sortir de cette voiture, Oleg Mikalovitch.

Un très pâle sourire éclaira fugitivement les traits puissants de l'homme du KGB. Il dit d'une voix douce.

— *Ne pizdi, goloubtchik*[1].

Un cri jaillit derrière Malko. Pat Davis sorti de la Daimler cria :

— *Kill him!*

Tous se faisaient face, comme dans une tragédie antique.

— Oleg Mikalovitch, insista Malko en russe, tu sais que je ne peux pas te laisser emmener cet homme. De toute façon, les Anglais ne te laisseront pas aller loin.

— Nous n'allons pas loin, dit le Soviétique. Tu sais que je ne peux pas te le rendre... J'obéis aux ordres du camarade-ministre Souslov.

Il posa la main sur la portière. Malko leva le Hi-Standard.

— Non.

Le Soviétique secoua très doucement la tête, avec un mélange de résignation et de douleur. Son Tokarev s'était relevé un peu. Un tic agitait le coin de sa bouche. Il était prêt à tirer. Malko savait qu'il lui faudrait passer sur son corps pour récupérer Théodore Ward. Le KGB n'avait pas bravé la police anglaise pour le lui rendre gentiment. Il savait aussi qu'il ne pouvait pas agir autrement.

Il avança encore. Jusqu'à toucher la carrosserie noire de la Volga. Passant devant le Soviétique et lui offrant son dos. Il regarda à l'intérieur de la voiture. Théodore Ward se tenait très droit à l'arrière, un peu ridicule dans sa couverture, serré entre les deux Russes au visage fermé. Se sentant observé, Théodore Ward leva la tête vers Malko.

Ses traits étaient toujours aussi crispés, mais il y avait une lueur différente dans son regard.

[1] Ne déconne pas, mon petit pigeon.

Une sorte de joie désespérée. Malko eut l'intuition fulgurante qu'il n'était pas prisonnier, que c'était lui qui menait le jeu. Qu'il avait prévu ce qui se passait.

La portière claqua dans son dos. Oleg Penkowsky venait de monter dans la Volga. Malko se retourna tandis que la glace électrique coulissait rapidement. Le Tokarev était toujours braqué sur lui.

— Au revoir, dit Oleg.

Malko voyait les jointures de ses doigts, blanches à force d'être crispées. Il recula, ne voulant pas d'un accident bête.

— Bon voyage, Oleg Mikalovitch, répondit-il.

La Volga partit en marche arrière dans le sentier, zigzaguant entre les tombes abandonnées. Malko fit demi-tour, revenant vers les Anglais et les gens de la CIA. Aussitôt, Pat Davis sauta sur lui, hystérique.

— Ils vont le faire parler. Il ne fallait pas les laisser partir.

— Ils n'iront pas loin, Sir, dit un des policiers anglais.

— Non, ils n'iront pas loin, répéta Malko.

Il se retourna, la grosse Volga noire avait presque atteint la grille du cimetière. D'où ils étaient, les Russes se trouvaient à cinq minutes de leur « Centre Commercial ».

*
* *

Oleg Penkowski se retourna vers la banquette arrière, croisa le regard de Théodore Ward. L'Anglais semblait étrangement calme, en dépit de sa situation. Il ne pouvait pourtant guère se faire d'illusions sur le sort qui l'attendait. Le Soviétique ne pouvait pas tenir.

— Où est Volodia? demanda-t-il.

Ward ne répondit pas. Le Soviétique se pencha par-dessus la banquette et répéta sa question, ajoutant : « Nous vous ferons parler. »

Toute l'opération était autorisée par écrit depuis la « Centrale » de Moscou. Sur ordre personnel de Youri Andropov, le patron du KGB. En dépit des conséquences diplomatiques. Il fallait retrouver Leonid Volodia et le mettre hors d'état de nuire.

Théodore Ward se pencha vers l'avant.

— Est-ce vous qui avez tué ma mère? demanda-t-il poliment.

Malgré son entraînement, Oleg Penkowski ne put répondre d'une voix normale à la question.

— Je ne comprends pas, bredouilla-t-il.

Théodore Ward hocha la tête.

— C'est vous. Votre signalement était dans le journal.

Il eut comme un hoquet et cracha quelque chose dans sa main. Oleg Penkowski aperçut ce qui lui sembla être une cartouche de pistolet de gros calibre que Ward avait dissimulée sous sa langue jusqu'alors. Avec un juron, il se jeta sur Théodore Ward pour essayer de la lui arracher, mais l'autre ferma simplement le poing.

*
* *

L'explosion propulsa une onde de choc à travers le cimetière. Une lueur rouge jaillit de la Volga. La grosse limousine zigzagua encore quelques mètres avant que son arrière vienne s'écraser contre la grille. Une haute flamme jaillit aussitôt, et un nuage de fumée enveloppa la voiture.

Malko courait déjà vers la Volga. Son pressentiment ne l'avait pas trompé. En laissant partir le capitaine Penkowski, il savait qu'il n'irait pas loin. Le piège, c'est Ward qui l'avait tendu. A ceux qui avaient tué sa mère. Il venait de se venger. En mourant avec eux.

La Rover du CID le dépassa et stoppa dans un crissement de freins. Un policier anglais bondit avec un extincteur, mais l'incendie de la Volga était déjà trop avancé. Les flammes jaillissaient par les glaces pulvérisées à la suite de l'explosion. A l'intérieur c'était un affreux magma de corps inertes, déchiquetés. Le bras d'Oleg Penkowski sembla bouger, mais ce n'était que le feu. Les cheveux du Russe s'enflammèrent d'un coup, les flammes noircirent son visage.

— Reculez, dit un des Anglais.

Il n'y avait rien à faire. Malko obéit. La Volga ne contenait plus que des cadavres.

Chris, Milton et Pat Davis arrivèrent à leur tour. Le chef de station de la CIA se tourna vers Malko. Blême.

— *My God,* murmura-t-il. Comment le saviez-vous?

— J'ai croisé son regard, dit Malko. J'ai déjà vu des gens qui savent qu'ils vont mourir. Ward avait le même regard. Il s'est suicidé délibérément pour tuer l'assassin de sa mère...

Le chef de la CIA regardait les flammes, la peinture qui coulait, les corps déformés, d'un air absent.

— Volodia est encore libre, murmura-t-il.

Une Jaguar avec un feu tournant sur le toit surgit et s'arrêta devant la grille. Chris Jones regardait la Volga.

— Mais qu'est-ce qui s'est passé? grommela-t-il. Ce type était à poil.

Pat Davis laissa tomber à regret :

— Je crois qu'il a utilisé une mini-bombe de son invention. De la taille d'une cartouche de « calibre 45 ». Cela ne fonctionne que dans un lieu clos. La *Company* ne l'avait pas retenue parce qu'elle avait l'inconvénient de tuer le « lanceur ». Elle était chargée de grenaille empoisonnée qui tuait les gens par choc anaphylactique. Atteinte du système nerveux central...

Le « pom-pom » d'une voiture de pompiers se rapprochait. Cela ne changerait pas grand-chose... Malko regarda une dernière fois la chose noirâtre qui avait été Théodore Ward.

Il avait emporté son secret dans la tombe. Toutes les pistes menant à Leonid Volodia s'arrêtaient.

Malko était pourtant certain que la seule chance de sauver Nicolas Silverman était de retrouver Leonid Volodia.

Vite.

CHAPITRE XIII

— Pamela m'a téléphoné, annonça triomphalement Nicolas Silverman. J'ai rendez-vous avec elle.

Malko retint de justesse un haussement d'épaules excédé. Après avoir disparu deux jours — soi-disant pour aller régler des affaires de famille dans son château — la jeune Anglaise revenait torturer le Texan... Un petit jeu qui avait déjà coûté sept vies humaines.

— Vous ne partez pas à Moscou? demanda Malko.

Nicolas Silverman fit semblant de ne pas avoir entendu.

Malko regardait par la fenêtre, un goût de cendres dans la bouche. La voiture du KGB avait disparu. Le secrétaire du Home Office avait convoqué l'ambassadeur soviétique pour l'avertir que tout Soviétique pris dans Londres en possession d'une arme, diplomate ou non, serait immédiatement expulsé. Les réactions de Scotland Yard à l'attaque du cimetière avaient été violentes. Cela devenait une affaire publique. Il n'y avait plus de « notice D » pour amortir le choc. Tous les journaux de Grande-Bretagne se demandaient pourquoi quatre Russes avaient trouvé la mort dans un cimetière du nord de Londres en compagnie d'un Anglais dont on venait d'enterrer la mère... Harcelé de questions, le Home Office s'enferrait dans des mensonges de plus en plus transparents. Tous les journaux se posaient la même question : Qui était Théodore Ward?

Le *Daily Mail* en faisait un déserteur américain. Le *Daily Mirror* penchait pour l'enlèvement politique. Personne n'approchait encore la vérité, mais cela ne tarderait pas.

Nicolas Silverman, sentant la tension de Malko, essaya de détendre l'atmosphère. Il se planta devant une toile moderne pendue au-dessus du canapé et secoua la tête :

— Ce tableau est une merde!

Malko approuva poliment :

— Je n'osais pas vous le dire.

— C'est Pamela qui me l'a fait acheter chez *Sothesby*. Huit mille livres...

Encore Pamela Rice. Malko soupira. Pour ce prix-là il aurait eu un bon morceau de la toiture de son château. Ou une garde-robe complète pour Alexandra ou deux tours du monde... Le Texan était vraiment une poire. De plus en plus amoureux. Maintenant, Malko était pratiquement seul pour défendre Nicolas Silverman. Avec le risque que Volodia frappe d'une façon imparable comme Théodore Ward avait agi avec les Russes.

Le Texan regarda sa Seiko quartz.

— C'est l'heure, dit-il. Pamela m'attend chez *Sothesby*. Je suis déjà en retard...

— Bon, soupira Malko, allons chez *Sothesby*.

— Vous n'êtes pas obligé d'y aller, remarqua l'Américain. Je prends la Daimler et vos deux amis...

Contre Leonid Volodia, les deux gorilles de la CIA ne suffisaient pas. Malko enfila son pardessus et vérifia son pistolet. Chris Jones et Milton Brabeck s'arrachèrent d'une partie de backgammon en bougonnant, après avoir bu chacun un grand verre de Vichy Saint-Yorre. Pas d'alcool avant cinq heures.

Malko prit le volant de la grosse Daimler. Il avait décidé de conduire lui-même. C'était plus sûr en cas de coup dur. Il posa son Hi-Standard chargé sur la banquette, et Milton Brabeck monta à côté de lui.

Nicolas Silverman était déjà l'arrière, couvé par Chris Jones. Bien sûr, il y avait le fusil à lunette, la mine, le bazooka, mais on ne pouvait pas tout prévoir. D'ailleurs, Malko commençait à appréhender la psychologie de Leonid Volodia. C'était un solitaire. Il frapperait seul et à bout portant. Il se concentra sur sa conduite. A cause des sens uniques, il était obligé de tourner dans Albermale Street pour rejoindre Old Bond Street. Il allait quitter Piccadilly lorsque Chris annonça d'une voix calme :

— Il y a une voiture qui nous suit...

Malko ne modifia pas son allure, mais son regard se fixa dans le rétroviseur. Il aperçut le museau camus d'une Mercedes juste derrière eux. Le pare-brise bleuté empêchait de voir l'intérieur. Il n'y avait pas de plaque à l'avant. Malko pensa immédiatement au M.I.6. Mais les Anglais n'utilisaient pas de Mercedes. Ç'aurait été une Rover ou une Jaguar. Pat Davis n'avait aucune raison de les suivre.

— Je flingue? demanda le gorille.

— Attendez, dit Malko.

Il mit son clignotant à droite, comme pour tourner dans Jermyn Street. Puis, à la dernière seconde, il tourna à gauche dans Albermale Street. La Mercedes contourna deux taxis et se faufila derrière la Daimler, recollant aussitôt. Nerveusement, Milton Brabeck se retourna.

— Ils ne peuvent pas nous doubler, c'est trop étroit, remarqua-t-il. Qu'est-ce qu'on fait?

— On va chez *Sothesby*, fit Malko. Vous descendez les premiers. Mr Silverman ne bougera pas tant que la voie ne sera pas libre...

A l'arrière, le Texan se taisait, les mains à plat sur ses genoux. Le danger lui était relativement indifférent. Il se demandait surtout comment Pamela Rice allait être habillée. Si elle aurait ce merveilleux tailleur de daim, avec les bas et les escarpins assortis, qui le transformait en bête. La voix de Malko le ramena à la réalité :

— Nicolas, demanda-t-il, voulez-vous vous accroupir sur le plancher. Je ne veux pas prendre de risques inutiles.

Docilement, l'Américain se laissa glisser de son siège. Heureusement que la Daimler était large.

— Chris, vous restez à l'intérieur, ordonna Malko. Au moindre danger vous plongez sur lui. OK?

— OK! fit le gorille.

Trois minutes plus tard, la Daimler stoppa en face de *Sothesby*. Milton Brabeck était déjà dehors. Malko descendit à son tour, serrant le Hi-Standard dans la poche de son manteau. La Mercedes était arrêtée à trois mètres derrière. Les deux hommes se dirigèrent vers elle, l'encadrant. Au moment où Malko arrivait à la hauteur de la portière avant, la glace descendit brusquement. Il s'immobilisa les nerfs noués.

Un inconnu aux traits grossiers, avec des petits yeux enfoncés pleins d'intelligence, lui souriait. Il s'adressa à lui en russe.

— Je suis Vladimir Souslov. Si nous bavardions un peu, Gospodine Linge?

Malko savait qui était Souslov. Il se détendit un peu, surpris par l'étrange approche du Soviétique. Pourquoi cette filature? Les gens du KGB avaient vraiment la manie de ce genre de choses.

Malko fit signe à Milton Brabeck qui se rapprocha.

— Je vous retrouve chez *Sothesby* dans un moment, dit-il. Ne lâchez pas Mr Silverman.

Il se demandait ce que Souslov lui voulait. Cette affaire était de plus en plus mystérieuse. Après Sir Bradley, c'était le Russe qui transgressait la hiérarchie, dans une affaire où, pourtant, les Américains tendaient la main aux Soviétiques... Bizarre, bizarre. Or Souslov était un personnage important. Beaucoup plus que l'ambassadeur soviétique à Londres.

Malko ouvrit la portière arrière et s'assit à côté du directeur du comité pour la Science et la Technique. La Mercedes démarra aussitôt, contournant la Daimler. Souslov alluma une cigarette et dit, toujours en russe :

— Nous allons faire un tour et je vous ramène. Je veux que personne n'entende ce que j'ai à vous dire.

Intrigué, Malko attendit. Le Russe parlait de choses et d'autres. Le chauffeur rattrapa Piccadilly, puis fila le long de Knightsridge. Ils tournèrent dans Alexandra Gate et se retrouvèrent le long de Kensington Garden. Souslov se pencha vers le chauffeur.

— Arrête-toi là.

Dès qu'ils furent dehors, le Soviétique prit le bras de Malko et l'entraîna le long de Rotten Row. Le soleil s'était levé et il faisait presque chaud. Souslov continua en russe :

— Gospodine Linge, vous savez l'importance que mon gouvernement attache à la survie de Nicolas Silverman. Depuis les derniers événements, nous sommes dans une position difficile pour garantir sa sécurité...

C'était un euphémisme. Malko remarqua :

— Les Anglais pouvaient difficilement accepter un kidnapping... Surtout des mains de leur police.

Souslov balaya l'argument avec un mépris superbe.

— Les Anglais sont des imbéciles. Ils sont aussi ennuyés que nous. Notre ambassadeur les a avertis que si quelque chose arrivait à Nicolas, nous les en tiendrions pour responsables et en tirerions les conséquences sur le plan commercial. British Leyland a très envie de nous vendre une usine de camions. Il fallait nous laisser faire au cimetière. Ward aurait parlé. Il savait où se cache Leonid Volodia, ce fou...

Souslov s'énervait. Il soupira.

— Tant pis, c'est fait.

— Pourquoi vouliez-vous me voir? demanda Malko.

— Y a-t-il du nouveau? demanda le Soviétique.

— Non, dit Malko. Même sans vos hommes, Nicolas Silverman est bien gardé. Il faudrait que Volodia ait des informations.

— Il les a, coupa Souslov. Il sait jusqu'à quand Nicolas doit rester à Londres.

Il s'était arrêté et faisait face à Malko. Derrière eux, la serpentine se reflétait dans le pâle soleil d'hiver. Malko dissimula mal sa surprise :

— Que voulez-vous dire? Qui le renseigne?

Vladimir Souslov secoua la tête, comme s'il se gaussait de la naïveté de Malko. Puis pointa un doigt contre sa poitrine.

— Savez-vous comment ce fou de Leonid Volodia a vécu depuis qu'il est à Londres?

— Non, avoua Malko.

— De l'argent que lui ont donné vos amis de la Central Intelligence Agency.

Malko ne put s'empêcher de sourire. Cela ressemblait à un mauvais discours de propagande. Les Russes voyaient la CIA partout. Souslov se fâcha d'un coup.

— Je ne suis pas ici pour vous raconter des histoires. Ce que je dis est vrai : Leonid Volodia a été payé par la CIA pendant les douze dernières années. Vous pouvez me croire.

Il reprit brusquement le bras de Malko, l'entraînant :

— Les hommes comme Volodia, nous les connaissons tous. Nous les surveillons. Nous savions ce que faisait Leonid.

— Bon, dit Malko, Volodia travaillait pour la CIA. Lee Harvey Oswald aussi, et ce n'est pas la CIA qui a assassiné John Kennedy, *tovaritch* Souslov...

Le Russe secoua la tête.

— Très juste. Mais ce que je dis, c'est que Leonid Volodia travaille *toujours* pour la CIA. C'est pour cela que je voulais vous voir.

Malko essaya de ne pas montrer ce qu'il pensait. Dans le monde parallèle où il vivait la « désinformation » était une forme habituelle de dialogue.

— Ce sont des mots, *tovaritch*, dit-il. Je peux aussi vous dire que vous travaillez pour la CIA. Je ne connais pas tous nos agents doubles...

Le Soviétique rit de bon cœur.

— Je veux bien que vous me disiez ça, mais ne le répétez pas en public. On ne sait jamais...

Bon, continua-t-il. Vous vous souvenez de l'attentat contre le centre soviétique de Stockholm, il y a un an?

— Oui, reconnut Malko.

Une bombe incendiaire l'avait entièrement détruit.

— C'était Leonid, dit le Russe. A cette époque, il travaillait pour la section IV du desk européen de la division des Plans. Votre Division, souligna-t-il, Gospodine Linge.

— Bon, reconnut Malko, c'est possible. Et alors?

Souslov sourit, regardant un couple d'amoureux en train de s'embrasser passionnément, assis à même la pelouse. Le garçon avait enfoui sa main sous la jupe de la fille sans souci des passants. Le Soviétique eut une moue choquée.

— Pour cet attentat, fit-il, Leonid avait reçu du matériel. Une mini-bombe incendiaire fabriquée par la division de Théodore Ward... Celui-ci était venu à Londres spécialement pour lui en apprendre le fonctionnement. Il en profitait pour voir sa mère... Je peux vous dire, Gospodine, qu'ils avaient sympathisé beaucoup. Leonid était fasciné par Ward... A ce moment Ward continuait à travailler pour la CIA, n'est-ce pas?

— Je suppose, reconnut prudemment Malko.

— Attendez, fit Souslov. Il y a six mois, à Genève, il y a eu un attentat contre un nationaliste noir de Rhodésie, Silibi. Vous ne vous souvenez pas? Il est mort. Arrêt du cœur. Quelqu'un était monté avec lui dans l'ascenseur. Un homme de haute taille, chauve, avec de gros sourcils... Cela ne vous dit rien?

— Volodia?

— Eh oui! Ce bon Leonid, dit d'une voix faussement bonhomme le Soviétique. Avec un des petits gadgets de Théo Ward. Vous voulez savoir combien il a touché pour cela? Douze mille dollars. Ce n'est pas beaucoup. Même pas trois mille roubles! Cette fois encore, il avait rencontré Ward à Londres.

— C'était il y a six mois, remarqua Malko.

— Maintenant voulez-vous que je vous dise le nom de l'homme qui est l'officier traitant de Leonid Volodia, demanda doucement Souslov. Où voulez-vous le deviner?

— Pat Davis? demanda Malko, pris au jeu.

— Comment avez-vous deviné? fit le Soviétique avec une feinte surprise.

Les deux hommes se regardèrent en silence. Malko commençait à voir où le Russe voulait en venir. Mais l'intox était le point fort des Soviétiques. Souslov continua aussitôt :

— Je peux vous dire que votre ami Pat Davis et Leonid se sont vus très souvent jusqu'à ces dernières semaines. Et que lorsque Théodore Ward est arrivé en Angleterre, Pat Davis a déjeuné avec lui au *Club Ambassadeur*. Théo Ward *venait en mission*. Comme les deux premières fois. Donner à ce bon Leonid Volodia quelques-uns de ses petits gadgets... Vous devinez pourquoi?

« D'ailleurs, ajouta-t-il, à ce moment-là, Leonid Volodia était toujours payé par la CIA. Voulez-vous une preuve? Le dernier chèque qu'il a touché date de ce moment : le voilà.

Il tira un chèque de sa poche et le tendit à Malko. Celui-ci l'examina. Il était d'un montant de cinq cents livres, à l'ordre de Leonid Volodia, tiré sur l'agence londonienne de la Bank of America. Il avait été encaissé et renvoyé à la banque émettrice selon les méthodes américaines. Malko essaya de dissimuler son trouble. Ainsi, s'il n'y avait pas trucage, la CIA payait Volodia d'une main et le traquait de l'autre...

— Comment vous êtes-vous procuré ce chèque? demanda Malko.

Souslov rit.

— Nous avons des amis partout. Vous pouvez vérifier que le compte est bien celui de la CIA. C'est facile : demandez-leur un peu d'argent. Ensuite, revenez me voir, Gospodine Linge.

Malko fit quelques pas en silence. De plus en plus troublé. Le Soviétique était arrivé à ses fins. Brusquement, il fut furieux contre lui-même.

— Ce que vous me dites est idiot, dit-il. J'ai été envoyé par le Directorat des Plans de Washington, ainsi que mes deux collaborateurs, avec mission de maintenir Nicolas Silverman en vie et de rattraper Ward, si possible. Pat Davis m'a aidé sans la moindre réticence.

Le Russe secoua la tête :

— Comme vous êtes naïf, Gospodine. C'est vrai que Davis vous aide. Il ne peut pas faire autrement. Mais il aide seulement en surface.

Souslov le prit par le bras et dit patiemment :

— Leonid a reçu comme instruction de liquider Nicolas Silverman s'il s'obstinait à signer avec nous. Ceux qui ont donné cet ordre ont peur. Ils pensent que nous nous préparons à faire la guerre. Je pourrais vous donner leurs noms. Mais, en même temps, d'autres ont décidé de protéger Nicolas parce qu'ils ne croient pas que nous voulons la guerre.

Ils étaient maintenant en face de la Mercedes. Malko n'en pouvait plus. Cela pouvait signifier tant de choses, l'intervention du Russe. Il se tourna vers lui.

— Pourquoi me dites-vous tout cela à moi. Je travaille aussi pour la CIA?

Souslov secoua la tête avec un bon sourire.

— Parce que vous n'êtes pas Américain.

D'abord. Ensuite, parce que je vous connais. J'ai tout un dossier sur vous. Un très bon dossier.

Il baissa la voix :

— Si un jour vous en avez assez de la CIA, vous pourrez venir chez nous, vous y aurez une très bonne place... Je sais que vous n'obéissez pas aveuglément. Pat Davis obéit aux ordres. Sans chercher à comprendre. Même si cela le choque. Quelqu'un lui a dit que Nicolas Silverman devait mourir, il ne fera rien pour l'en empêcher. Rien, vraiment. Pourtant, il sait où est Leonid Volodia.

— Où?

Vladimir Souslov eut un sourire rusé.

— C'est lui qui le sait. Pas moi. Vérifiez d'abord ce que j'ai dit aujourd'hui. C'est simple, vous savez. Depuis vos élections, de nouvelles gens sont en place. Ils veulent vraiment que Nicolas parte à Moscou. Mais il y a encore beaucoup de gens chez vous qui obéissent à l'ancienne équipe. Aux fous qui croient que nous voulons la guerre...

Malko ne répondit pas. Lui aussi croyait que l'URSS voulait la guerre et la ferait. Et il n'était pas loin de croire que ceux qui renforçaient l'URSS étaient criminels. Tout basculait de nouveau...

— Nous voulons la paix, dit Souslov en écho à ses pensées. Nous avons besoin de la paix. Pour donner à notre peuple plus de voitures et de machines à laver. Vous, vous vivez dans le luxe, mais notre peuple vit encore dans la misère.

Malko ouvrit la portière de la Mercedes et se réinstalla. Souslov le rejoignit et dit aussitôt :

— Bien entendu, Gospodine Linge, vous pouvez aller immédiatement raconter tout ce que je viens de vous dire à votre ami Davis...

Malko ne répondit pas. Tout était possible dans le Renseignement. Tout. C'était pour cela qu'il avait un métier fascinant. Il ne fallait jamais rejeter à priori aucune hypothèse, aussi tordue soit-elle. Il se tourna vers le Soviétique.

— Qu'attendez-vous de moi?

Souslov secoua la tête.

— Que vous agissiez selon votre conscience. Si vous voulez, aidez-nous à faire partir Nicolas dans notre pays. Vous pouvez même venir avec lui, je garantis personnellement votre sécurité.

La Mercedes glissa doucement le long de Hyde Park. Dans cinq minutes, ils seraient à Bond Street. Malko était frappé de l'importance que les Soviétiques donnaient à cette affaire. Balayant tous les obstacles hiérarchiques ou administratifs. Quant à savoir si le *deal* permettait à l'URSS de faire la guerre ou non, c'était une question dont on ne connaîtrait la réponse que trop tard...

La Mercedes s'arrêta. Malko aperçut la masse noire de la grosse Daimler.

Vladimir Souslov se pencha vers lui.

— Attention! S'ils croient que vous vous doutez de quelque chose, ils vous tueront vous aussi. Ceux en qui vous avez le plus confiance.

CHAPITRE XIV

Le chemisier d'un mauve aveuglant de Pamela Rice brillait comme un phare dans la grisaille des costumes sombres et des robes ternes. Malko se faufila sur la pointe des pieds dans la petite salle de ventes, et s'assit à un rang devant la jeune femme. Juste au moment où celle-ci levait la main pour s'adjuger une magnifique théière en argent massif du XVIe siècle.

Il se retourna pour lui sourire. Superbe. Les yeux maquillés du même mauve que le chemisier, les jambes croisées de telle façon qu'au-dessus du bas marron il aperçut une bande de peau coupée par la jarretelle blanche. Elle lui rendit son sourire et reporta son attention sur le commissaire priseur qui présentait un plateau d'argent massif. Assis à côté d'elle, Nicolas Silverman s'efforçait vainement de s'intéresser à l'argenterie, dégoulinant de mauvaises pensées. Fou d'amour. Malko sentit qu'il n'attendait que la fin de la vente pour sauter sur Pamela. Littéralement comme une bête. Il avait des excuses.

Assise de biais, un peu déhanchée, Pamela Rice dégageait une sensualité animale ténébreuse et intense. Heureusement pour le Texan, le plateau était le dernier objet en vente. Dans un brouhaha de conversations les acheteurs se levèrent. Pamela Rice en fit autant, lissa sa jupe particulièrement impudique, avec son double boutonnage latéral, ce qui libérait les jambes presque jusqu'en haut des bas.

Nicolas Silverman lui avait déjà pris le bras et lui soufflait dans la nuque. Elle tendit la main à Malko, avec un sourire éblouissant.

— Quelle bonne surprise!

Son regard lui fit froid dans le dos : dur, égaré, un regard de fauve blessé, aux abois. Ses yeux étaient encore plus jaunes que les siens.

Que s'était-il passé pendant ces deux jours?

— J'espère que vous avez acheté de jolies choses, dit-il.

Elle fit la moue.

— Oh, presque rien.

Malko s'effaça pour la laisser passer. Aussitôt, le Texan glissa une main autour de la taille de la jeune femme. Malko entendit l'Américain qui murmurait :

— Tu es superbe! J'ai envie de toi...

La réponse de Pamela Rice fut audible à cinq mètres, d'une voix à geler un iceberg :

— C'est banal, tu sais. Tu n'es pas le seul.

C'était parti pour le massacre... Nicolas Silverman se retourna, jetant un regard misérable, à Malko. Ce dernier se retint de lui conseiller de culbuter Pamela Rice dans l'escalier de *Sothesby*, séance tenante. Ce qui lui laisserait au moins un souvenir insolite et lui vaudrait deux colonnes dans la chronique de William Hickey. Sagement, Milton Brabeck et Chris Jones encadrèrent le Texan.

Lorsqu'ils émergèrent dans New Bond Street, Malko aperçut la Rolls bordeaux de la jeune femme garée derrière la Daimler. Pamela se tourna vers le Texan et dit d'une voix trop douce, trop gentille.

— J'ai des courses à faire, je vais te laisser puisque tu as ta voiture.

Sa Daimler, Nicolas aurait voulu qu'elle se transforme en un petit tas de cendres. Il était comme un affamé à qui on retire un quignon de pain. Malko eut pitié de lui.

— Nous pouvons peut-être vous conseiller, suggéra-t-il avec un sourire.

Pamela Rice hésita quelques secondes puis passa son bras sous celui de Malko.

— Très bien, fit-elle, allons à pied ce n'est pas loin... J'ai besoin de chaussures.

Nicolas Silverman vira au vert. Il courut presque pour se mettre à leur hauteur. Chris et Milton les encadrèrent, la main sur la crosse, l'œil aux aguets, ne comprenant pas très bien ce qui se passait. Ils ne connaissaient rien aux salopes...

*
* *

— Que pensez-vous de celle-là?

Pamela Rice tenait contre elle une combinaison de satin noir rehaussée de dentelles, fendue sur les côtés, s'arrêtant à mi-cuisse. Les yeux de Nicolas Silverman lui sortaient de la tête. Pamela Rice avait mis sens dessus dessous toute la boutique de *Courtenay Lingerie*. Les vendeuses devaient la connaître, car elles étaient pratiquement à plat-ventre...

— Magnifique, croassa le Texan. Je te l'offre.

Il se voyait déjà en pleine copulation.

— Je vais l'essayer, fit Pamela.

Elle disparut dans une cabine. Chris et Milton essayaient désespérément de garder le regard tourné vers le sol, afin de repousser les pensées affreusement lubriques qui se ruaient sous leurs crânes. Dans le Middle West, il n'y avait pas de magasins comme cela... Pourtant, Malko aperçut Chris palpant subrepticement une chemise de nuit beige qui ne lui allait sûrement pas.

Tout à coup, le rideau s'écarta.

— Malko, venez voir!

Pamela avait passé la combinaison, ne gardant que ses chaussures et ses bas. La soie épousait la courbe de ses hanches, crissait contre le nylon.

— Vous aimez?

Elle était à quelques centimètres de lui, parfumée, provoquante, éclatante, le menton levé, les pointes de ses petits seins se dressant sous le satin.

— Vous êtes une salope, Pamela, dit Malko à voix basse.

Les yeux de fauve foncèrent un peu.

— Non, dit-elle, je ne voulais pas voir Nicolas. C'est lui qui a insisté au téléphone. J'ai fini par lui dire que j'allais chez *Sothesby*. Tant pis pour lui.

L'écartant, elle sortit de la cabine, traversa le magasin. A chaque pas, la chemise de nuit s'ouvrait sur la lisière des bas et les jarretelles. Pirouettant, elle stoppa en face de Chris Jones.

— Cela vous plaît?

L'Américain devint écarlate et bredouilla une réponse absolument inintelligible. Sans insister, Pamela retourna vers la cabine. Avant d'y rentrer elle lança quand même à Nicolas Silverman :

— Et toi? Tu aimes?

Le Texan parvint à s'extraire un « oui » à peu près audible. Satisfaite, Pamela disparut derrière le rideau, ressortit une minute plus tard, un énorme paquet de lingerie sous le bras. Comme

Nicolas se précipitait pour payer, elle l'arrêta d'un geste sec.

— Non, je veux avoir le droit de les mettre avec qui je veux...

La vendeuse gênée, baissa les yeux. L'Américain était violet, Malko aurait giflé Pamela.

Comme pour adoucir ce qu'elle venait de dire, elle ajouta aussitôt :

— Je n'ai pas dit que ce ne serait pas avec toi.

Nicolas Silverman réussit à sourire. L'Américain semblait avoir vieilli de dix ans en un quart d'heure. Pourtant, il continuait à regarder Pamela avec des yeux de poisson frit... Ils sortirent tous dans Brook Street, une petite rue qui se jetait dans New Bond Street. Malko se demandait ce que la diabolique Pamela Rice allait encore inventer.

— J'ai besoin de chaussures, dit-elle, il y a une boutique à deux pas dans New Bond Street. Allons-y.

*
* *

Le vendeur, avec ses cheveux frisés très noirs et son air de jeune premier un peu voyou, devait sûrement être italien. Il avait accueilli Pamela avec des courbettes, dégoulinant de sourires, l'avait installée au fond du magasin, sur une banquette, un peu à l'écart des autres clients. Une vingtaine de paires de chaussures de toutes les couleurs et de toutes les formes s'amoncelaient autour de la jeune femme.

Il était presque cinq heures et demie, et c'était la dernière cliente. Ce qui ne semblait pas la déranger du tout; Nicolas Silverman, un peu remis, Malko et les deux gorilles bayaient aux corneilles dans le magasin, attendant que cela se passe...

Soudain, Malko se sentit tiré par la manche.

— Regardez, fit Milton Brabeck d'une voix étranglée.

Malko se retourna vers Pamela. D'abord tout lui sembla normal. Le vendeur, assis à ses pieds, lui essayait des escarpins. Il mit les chaussures en place, mais au lieu de laisser Pamela Rice se lever, il se mit à lui masser les chevilles, comme pour lisser ses bas. Une de ses mains remonta, suivant la courbe du mollet gainé de nylon. Puis du genou. La tête très droite, le regard fixé sur une glace en face, Pamela Rice semblait ne s'apercevoir de rien. Le vendeur continuait à sourire.

La main qui recouvrait le genou glissa, atteignant l'intérieur de la cuisse, continua à y monter. Malko, la bouche sèche, calcula que le bout de ses doigts devait avoir atteint la lisière du bas.

— Bon sang! fit Chris à mi-voix, si notre copain voit ça, il va la tuer...

Nicolas Silverman, heureusement, était à l'autre bout du magasin, en train de regarder les valises...

— Retenez-le, dit Malko.

Il s'approcha de Pamela Rice. Elle regardait toujours droit devant elle. Le vendeur avait le regard fixe. Il ne bougeait plus, une bonne partie de son bras enfoui sous la jupe blanche.

Malko regarda la glace en face. Ce qu'il y vit envoya une brusque poussée d'adrénaline dans ses artères. Son regard remonta et croisa celui de Pamela Rice. Flou, ailleurs, en plein orgasme. Aussitôt, elle changea d'expression, ses genoux se serrèrent brusquement, puis s'ouvrirent. Le vendeur recula comme si un serpent l'avait piqué.

Pamela Rice lissa sa jupe tourna la tête vers Malko et dit d'une voix presque normale :

— Merci, Alfredo, je reviendrai quand vous aurez ma taille.

Avec un naturel parfait, elle remit ses chaussures. Le vendeur semblait complètement liquéfié.

En sortant du magasin, Pamela dit à haute voix :

— Je ne reviendrai plus ici, ils n'ont jamais rien...

Malko pria le ciel pour que Nicolas Silverman ne remarque pas les brusques cernes qui soulignaient ses yeux. Décidément, Pamela Rice était imprévisible. Quel calvaire réservait-elle encore à Nicolas Silverman? La Rolls bordeaux stationnait à une vingtaine de mètres, toujours devant *Sothesby*.

— Je vais chez le coiffeur, annonça Pamela Rice.

Pris d'une brusque inspiration, Malko la prit par le bras.

— Je viens avec vous, dit-il, j'ai à vous parler.

Nicolas Silverman ouvrit la bouche et la referma. Malko se retourna :

— Suivez-nous, suggéra-t-il. Il faut que je m'entretienne avec Miss Rice quelques instants.

Pamela Rice attendit que la voiture ait démarré pour demander :

— Que voulez-vous me dire?

Malko la regarda bien en face.

— Pourquoi vous conduisez vous ainsi avec Nicolas Silverman?

— Parce que je ne veux plus le voir, dit-elle.

Elle demeura silencieuse quelques instants, tandis que la grosse Rolls avançait à l'allure d'un escargot. Puis elle dit comme pour elle-même :

— J'étais très amoureuse. J'ai cru que c'était réciproque. Et puis, hier, il s'est dérobé. Je lui ai tendu la perche, je lui ai dit que Nicolas voulait partir à Moscou avec moi. Vous savez ce qu'il m'a répondu!

— Non, dit Malko.

— Qu'il prendrait une décision à mon retour!

Elle était folle de rage. Malko la comprenait. L'homme dont Pamela parlait devait avoir eu peur d'elle. Ce n'était pas une créature de tout repos, en dépit de son charme... Elle eut un sourire amer.

— Les hommes sont des lâches, dit-elle. Des lavettes.

Elle se tourna brusquement vers lui, une lueur trouble dans ses yeux jaunes flamboyants de rage.

— Désormais, je me servirai d'eux. Pour mon plaisir.

Elle se pencha, et tout à coup sa main se posa sur lui d'une façon très précise.

Malko prit sa main et la posa sur la banquette.

— Vous m'attirez, dit-elle d'une voix égale. Vous le savez, n'est-ce pas?

— Pamela, je n'aime pas que l'on se serve de moi.

— Très bien, dit-elle, alors, servez-vous de moi. Servez-vous de mon corps.

La Rolls roulait de plus en plus lentement dans Oxford Street. Soudain, Malko eut l'impression qu'il faisait très chaud dans la voiture. Sans mot dire, Pamela défit les trois boutons qui tenaient encore sa jupe du côté gauche. Elle se souleva alors et l'arracha. Lorsqu'elle se rassit, elle n'avait plus que son chemisier et ses bas. Elle se rapprocha de Malko.

— Alors, vous ne voulez pas de mon corps?

Comme il ne répondait pas, Pamela Rice le défit presque avec brutalité, se pencha, lui offrant sa bouche. En quelques minutes, elle eut obtenu ce qu'elle voulait. Le libérant, elle leva vers Malko un regard soudain transfiguré par une sorte de douceur.

— Servez-vous de moi, murmura-t-elle. Comme vous voulez.

Il aurait fallu un congrès de psychiatres pour comprendre les ressorts secrets de Pamela Rice. Malko commençait à sentir sa réserve l'abandonner.

Soudain la jeune femme se retourna. Agenouillée contre la portière, lui tournant le dos, le visage collé contre la glace sans tain. Il se laissa glisser à son tour sur l'épaisse moquette, se retrouva contre elle et, presque sans rien avoir fait pour cela, pénétra la jeune femme. Elle poussa un gémissement, puis commença à haleter.

La bouche contre la vitre, une main accrochée à la poignée arrière, l'autre sur le dossier du siège avant.

— Doucement! dit-elle, doucement!

De l'autre côté de la glace, Malko voyait défiler les passants. Certains tournaient la tête vers la voiture avec un air admiratif ou envieux.

Aucun ne pouvait se douter de ce qui s'y passait.

Pamela Rice fut soudain secouée de tressaillements, bredouilla des mots sans suite, se cambrant encore plus.

Malko explosa à son tour. Presque aussitôt, Pamela Rice se redressa, retirant Malko d'elle, se pencha pour prendre un kleenex dans le bar et remit sa jupe, pratiquement dans le même geste. A peine assise, elle alluma une cigarette et dit d'une voix presque normale.

— Nous sommes arrivés.

La Rolls se rangea contre le trottoir de Oxford Street et stoppa. Trente secondes plus tard, la portière s'ouvrait brutalement sur le visage couperosé de Nicolas Silverman.

L'Américain poussa Malko pour s'asseoir. Pamela lui adressa un regard glacial.

— Qu'est-ce qui te prend? Je ne t'ai pas invité.

Nicolas Silverman lança un regard noir à Malko.

— Qu'est-ce que vous faisiez?

Pamela eut un sourire suave.

— Que veux-tu qu'on fasse dans une voiture? Nous avons bavardé.

Le Texan émit quelque chose qui pouvait passer pour n'importe quoi. Enfin, il parvint à éructer :

— Tu bavardais. Et ça? Qu'est-ce que c'est?

Son index accusateur se tendait vers une trace sur la glace, ressemblant à celle d'un escargot : la salive de Pamela Rice. Celle-ci prit un air absolument innocent et dit :

— Mon chéri, la curiosité est un vilain défaut...

Malgré lui, Malko admirait son aplomb.

Soudain, Nicolas Silverman prit le bord de la jupe et tira vers le haut avec brutalité, découvrant les bas, les jarretières et le ventre nu de Pamela Rice. Celle-ci rabattit sa jupe d'un coup sec.

— Tu es fou! Je ne te permets pas...

Malko avait vraiment envie de se retirer. Cela tournait à la scène de ménage... Nicolas Silverman ricana.

— Tu bavardais, hein...

Pamela le toisa avec un sourire plein d'ironie.

— Tu sais bien que je ne mets jamais de dessous. Je n'en mettais pas avant de te connaître, et je continuerai après.

Il y eut quelques secondes de silence. Puis, sans que rien ne le laisse prévoir, Nicolas Silverman lui envoya soudain une gifle à toute volée.

La tête de Pamela Rice cogna contre la glace. Pendant une seconde, il ne se passa rien. Puis, les yeux de Pamela se remplirent de larmes, son visage sembla soudain moulé dans la pierre. Nicolas Silverman semblait paralysé, dépassé par ce qu'il avait osé faire. D'une voix détimbrée, Pamela dit :

— Sors de cette voiture.

Elle était blanche. Sauf les marques des doigts du Texan. Ce dernier ouvrit la bouche comme pour protester, puis la referma. Sans un mot, il passa devant Malko, descendit et claqua la portière derrière lui. Pamela Rice respira profondément et dit d'une voix blanche :

— Jamais un homme ne m'a giflée. Jamais.

Malko eut envie de lui dire que c'était regrettable. Ce n'était pas une gifle qu'elle méritait, mais dix. Ou mieux, cent. Il prit pourtant la main de la jeune femme et la baisa. En sus de ses deux abandons insolites, il ne pouvait s'empêcher de penser que cet incident risquait de lui simplifier considérablement la vie.

— Je vous prie de m'excuser, dit-il, mais il faut que je sache ce que Nicolas fait.

Elle ne répondit même pas, toute à sa haine. Il sortit de la Rolls. La Daimler était garée juste derrière. Chris Jones attendait sur le trottoir. Il eut l'air soulagé en voyant Malko. Celui-ci ouvrit la portière. Nicolas Silverman était rencogné dans le coin droit, fumant nerveusement. Il leva la tête.

— Je suis désolé. Je ne voulais pas vous insulter.

— Je comprends, dit Malko.

— C'est une garce, une salope, explosa le Texan. Vous croyez que je n'ai pas vu son manège au magasin de chaussures...

— Nicolas, dit Malko. Faites une croix sur Pamela Rice.

Le Texan hocha la tête.

— C'est ce que j'ai l'intention de faire. Mais maintenant, foutez-moi la paix. Je n'irai pas à Moscou.

« Je n'ai rien à foutre du Caucase. Rien à foutre de Souslov, j'ai assez d'argent pour vivre jusqu'à la fin de mes jours. Je vais me saouler la gueule jusqu'à ce que je voie des animaux sur les murs. Maintenant, laissez-moi seul.

Il n'y avait rien à dire. Malko sortit de la Daimler et claqua la portière.

— Ne le lâchez pas d'une semelle, dit-il à Chris Jones. Il est mûr pour toutes les conneries.

Il regarda la Daimler s'éloigner, puis arrêta un taxi.

— Grosvenor Square, dit-il. U.S. Embassy.

Les révélations de Vladimir Souslov continuaient à trotter dans sa tête.

*
* *

Malko venait de finir son rapport sur les derniers événements. Passant pudiquement sur son intermède personnel.

— A propos, reprit-il, j'ai besoin d'argent liquide. Le *Hilton* coûte cher.

Pat Davis ôta ses lunettes avec un sourire.

— Ce n'est pas un problème, je vais vous faire un chèque. Je préviens Janet, ma secrétaire, vous le prendrez en sortant.

Il donna des instructions dans l'interphone et alluma une cigarette.

— Il n'est pas impossible que Pamela Rice et Nicolas Silverman rompent pour de bon, remarqua-t-il.

— On verra, fit Pat Davis dubitatif. En attendant, continuez à veiller sur lui. Je fais prévenir Vladimir Souslov.

L'Américain se leva et raccompagna Malko jusque dans le bureau de la secrétaire. Pat Davis mit sa griffe sur le chèque et le tendit à Malko.

— N'allez pas le jouer, dit-il en souriant.

Dès que Malko fut hors du bureau, il sortit le chèque et celui que lui avait remis Vladimir Souslov.

Malko eut l'impression qu'une main géante lui comprimait l'estomac. Les deux chèques étaient tirés sur le même compte n° 87354698.

CHAPITRE XV

Malko se versa une vodka à assommer un mammouth et en but la moitié d'un coup, fixant d'un œil distrait la circulation qui s'écoulait lentement le long de Hyde Park. Il se sentait soudain perdu dans cette grande suite vide. Mais, d'un autre côté, il avait besoin de réfléchir. Les deux chèques étaient toujours dans sa poche. Alourdissant encore l'atmosphère de cette histoire au climat oppressant.

Quel jeu jouait Vladimir Souslov? Pourquoi lui, Malko, recevait-il à la fois les confidences des Russes et des Anglais. C'était trop beau pour qu'il n'y ait pas un loup. Ou un troupeau de loups...

Curieux cocktail : un businessman fou d'amour, une garce comme on n'en faisait plus, un tueur insaisissable mais terrifiant et, peut-être, des traîtres. Mais qui trahissait et pourquoi? Il se méfiait des Soviétiques, connaissant leur art de brouiller les cartes. La CIA continuerait à exister après l'histoire Silverman et cela pouvait intéresser le KGB de marquer quelques points.

Il pensa à Pamela Rice avec un mélange d'agacement et de nostalgie. En fermant les yeux, il se retrouvait dans la Rolls, en plein délire érotique, au cœur de Mayfair. Et elle, quel jeu jouait-elle? Etait-elle seulement un superbe animal complètement amoral? Ou autre chose?

La sonnerie du téléphone le fit sursauter. C'était Chris Jones.

— Mr Silverman voudrait que vous veniez, annonça le gorille.

Malko regarda sa montre. Un peu plus de dix heures. Il avait dîné tout seul dans sa suite d'un peu de saumon fumé. Sûr que le Texan, enfermé chez lui à cuver son désespoir et couvé par les gorilles, ne risquait rien.

— Qu'est-ce qu'il veut? demanda Malko.

— Vous dire une chose importante, expliqua le gorille. Enfin j'espère. Parce que vu l'état où il se trouve. Il a voulu jouer au back-gammon, il ne voyait plus les dés.

— Bon, j'arrive, dit Malko.

Il termina sa vodka et mit une cravate.

***

La Daimler était garée devant la porte de l'hôtel particulier de Halkin Street. Malko paya son taxi et sonna. Chris Jones ouvrit. Visiblement soulagé...

— Il est en haut, annonça-t-il. Complètement noir. Depuis deux heures, il déchire des photos en chialant. Moi, ça me déprime.

— Moi aussi, fit Malko en s'engageant dans l'escalier.

En le voyant pénétrer dans le living, le Texan leva un verre à moitié plein de whisky et lança d'une voix pâteuse :

— Avez-vous tiré toutes les joies possibles de cette salope de Pamela?

Ça commençait bien. Malko se versa un verre de vodka sans répondre. Il avait toujours eu horreur des ivrognes et se sentait quand même coupable. La CIA ne l'avait pas envoyé à Londres pour ajouter aux tourments de Nicolas Silverman. En plus, c'était toujours gênant de voir un homme à vif. La moquette autour du canapé était jonchée de photos déchirées de Pamela Rice. Nicolas Silverman réprima un hoquet et dit d'une voix qu'il essayait de contrôler :

— Il ne faut pas m'en vouloir, je ne suis pas dans mon état normal... Pamela c'était toute ma vie jusqu'à aujourd'hui. Pendant trois ans. C'est long. Elle a beau être une garce, j'y tenais énormément. Je me doute de ce qui s'est passé cet après-midi dans la Rolls, je ne vous en veux pas... Elle avait décidé de me faire souffrir.

— Je n'ai rien fait dont un homme puisse être honteux, affirma Malko avec une ambiguïté frisant la malhonnêteté. Mais pourquoi parlez-vous au passé de Miss Rice?

Nicolas Silverman avala pêle-mêle glaçons et scotch, et se versa aussitôt un grand verre de Perrier pur.

— Je la connais, elle ne me pardonnera jamais. Tout à l'heure j'étais désespéré. J'ai réfléchi et j'ai décidé de ne pas la revoir. Je vais aller à Moscou. Le plus vite possible. Après-demain, si Souslov est d'accord.

« Demain, je vais me reposer. C'est ce que je voulais vous annoncer. Je n'ai plus rien à faire à Londres maintenant; au contraire...

— C'est une bonne nouvelle, dit Malko.

Il était trop las pour profiter pleinement de son soulagement. Avec un peu de chance, Leonid Volodia allait se faire prendre de vitesse. Lorsqu'il le réaliserait, Nicolas Silverman serait hors de portée de ses gadgets mortels. Il acheva sa vodka, se jurant de veiller sur les dernières heures du Texan en Angleterre sans la moindre faille.

— J'ai demandé à Zina de m'accompagner, continua le Texan. Comme ça, je ne serai pas seul.

— Bonne idée, approuva Malko.

Ce n'était même pas la peine de prévenir Vladimir Souslov. Malko étouffa un bâillement discret. Il allait laisser Nicolas Silverman enroulé autour de sa bouteille de *J & B* et aller se coucher. Pat Davis attendrait encore un peu la bonne nouvelle.

— Oh, ne partez pas, dit le Texan. Je ne veux pas rester seul. J'ai dit à Zina de venir, mais je ne sais pas quand elle sera là.

***

Nicolas Silverman ronflait la bouche ouverte, à demi étendu sur le divan. Il devait avoir bu l'équivalent d'une bouteille et demie de whisky. Zina Sabet bâilla et croisa ses jambes gainées de nylon clair.

— Je crois qu'il ne va pas se réveiller... Nous pourrions partir.

Ses yeux humides en disaient autant que ses lèvres. Mais Malko se sentait trop fatigué. La bouche sèche à cause de la vodka, il se versa un grand verre de Contrex et le but d'un coup.

— Je crois que je vais me coucher, dit-il. Je peux vous déposer quelque part?

La Libanaise lui adressa un regard déçu, changeant brusquement d'avis.

— J'irais bien au *Casanova*, mais si Nicolas se réveille, il risque de me réclamer. A propos, il faut que je demande un visa demain matin.

Malko soupira intérieurement de soulagement. Pamela Rice était oubliée. Le cauchemar allait prendre fin. Il respirerait à la seconde où le Texan monterait dans l'appareil de l'Aeroflot...

— Je ne pense pas que cela pose de problème, dit-il, mi-figue mi-raisin.

— Il m'a promis une zibeline! fit Zina extasiée.

Malko se leva.

— Je vais me coucher.

La Libanaise vint l'embrasser, s'appuyant un peu trop contre lui. Apparemment, elle aurait bien profité du sommeil de Nicolas Silverman pour s'offrir un petit orgasme discret.

Au rez-de-chaussée, Malko trouva Chris Jones et Milton Brabeck en train de jouer au back-gammon. Krisantem rôdait quelque part dans l'hôtel particulier.

Il observa les deux gorilles perdus dans leur jeu. Chris Jones tira une série de doubles et gagna la partie, ravi. Milton Brabeck, vexé, s'éclipsa, avec dix dollars en moins. Malko observait Chris Jones, pensif. Une phrase de Vladimir Souslov trottait dans sa tête.

— Chris, demanda-t-il. Si quelqu'un, un jour, vous donnait l'ordre de me tirer une balle dans le dos, vous le feriez?

Chris Jones sursauta :

— Qu'est-ce que vous voulez dire? On est du même bord, non?

Patiemment, Malko tenta de lui expliquer.

— Chris, vous avez un chef dans votre directorat qui vous assigne vos missions. Si cet homme vous donnait un jour l'ordre de prendre l'avion pour Vienne et de « m'extraire », le feriez-vous?

— Il ne me donnerait jamais un ordre comme ça.

— Supposons qu'il le donne, dit Malko. Qu'il

y ait une raison que vous ne connaissez pas, vous ne discutez pas les ordres, n'est-ce pas?

— C'est vrai, reconnut le gorille, troublé. Mais, bon sang, où voulez-vous en venir?

— A ce que vous me répondiez, dit Malko. Oui ou non, le feriez-vous?

Gêné, Chris Jones baissa les yeux.

— J'ai jamais désobéi à un ordre. Je suppose que si on me dit quelque chose, il y a une raison. Mais...

— Je vous remercie, Chris, dit Malko. J'espère que cela ne se produira pas.

Il sortit dans le hall poursuivi par la voix vengeresse de Chris Jones :

— Pourquoi vous posez des questions connes comme ça?

*
* *

Pat Davis jouait machinalement avec un crayon, le faisant tourner entre ses doigts, le regard perdu dans les arbres de Grosvenor Square.

— Je vous félicite d'avoir convaincu Mr Silverman, dit-il d'une voix mesurée. Il ne nous reste plus que vingt-quatre heures. Ensuite, il échappera à notre responsabilité.

— Exact, dit Malko, étouffant un bâillement.

L'énervement l'avait empêché de dormir. Avant de venir annoncer la bonne nouvelle à Pat Davis, il avait pris la précaution de vérifier si les bonnes intentions de Nicolas Silverman tenaient toujours. C'était le cas.

Ensuite, le ballet des téléphones avait commencé : Vladimir Souslov faisait le nécessaire pour qu'un Learjet parte de Moscou le jour même afin de ramener le Texan le lendemain matin. Le Soviétique avait insisté pour que Malko soit du voyage.

La « Special Branch » de Scotland Yard assurerait la protection de Nicolas Silverman de Halkin Street à l'aéroport de Heathrow.

Le chef de station de la CIA posa son crayon et se leva.

— Vous m'excusez, dit-il, j'ai beaucoup à faire. C'est le jour de la synthèse.

Malko était ravi de disposer de quelques heures de détente. Un soleil radieux brillait sur Londres. La menace de Leonid Volodia lui sembla soudain lointaine, irréelle. Un cauchemar qui se dissipait. Il décida d'aller lécher les vitrines de New Bond Street.

*
* *

Leonid Volodia essuya son front couvert de sueur et s'arrêta quelques instants, sans quitter son réveil des yeux. Le temps était ce dont il disposait le moins. Théodore Ward était mort trop tôt. Volodia était loin d'avoir son génie et avait un mal fou à réaliser ses gadgets.

Comme celui sur lequel il se concentrait. Pour se détendre, il fit quelques pas dans le sous-sol aux murs laqués de blanc. Son antre dont il ne sortait pratiquement jamais. Les rues de Londres ne l'attiraient pas. S'il sortait, c'était avec un but précis.

Depuis la mort de Mandy Keeler, sa vie privée, déjà limitée, était réduite à sa plus simple expression. Lorsqu'il pensait à la jeune femme, il éprouvait une furieuse flambée de haine envers ceux qui étaient responsables de sa mort, mais ses comptes personnels passaient après sa mission.

Il s'en occuperait s'il avait le temps et s'il était encore vivant.

Le téléphone posé par terre sonna. Leonid Volodia décrocha aussitôt. Il n'y avait qu'une seule personne susceptible de l'appeler.

— Oui, dit-il. Je travaille.

Il écouta attentivement, grommelant, pressé de raccrocher. Finalement, il dit avec agacement :

— Ne me dérangez plus, sinon je n'y arriverai pas.

Lorsqu'il eut raccroché, il essuya ses mains trempées de sueur et reprit son travail de bénédictin après s'être recueilli quelques secondes pour se concentrer. La moindre fausse manœuvre était mortelle. C'était comme de jouer avec des serpents à sonnette. Une demi-heure plus tôt, il avait frôlé la catastrophe. Bêtement, son doigt glissa, il jura et resta, le cœur battant, la respiration bloquée.

Puis il reprit ses manipulations. S'il s'était écouté, il n'aurait pas cherché des choses aussi compliquées. Son arsenal comportait des armes redoutables qui lui donnaient 90 % de chances de succès dans une attaque suicide. Mais il y avait les 10 % de risque. Nicolas Silverman était protégé par des professionnels. Si Volodia ratait son coup, personne ne reprendrait le flambeau.

Aussi, Leonid Volodia avait-il décidé de jouer la prudence jusqu'à la dernière limite. Si les moyens détournés échouaient, il se lancerait à l'assaut lui-même pour l'attaque finale.

En mettant toutes les chances de son côté.

Il s'arrêta un instant, contemplant son œuvre. Ce qu'il préparait ne souffrait pas l'à-peu-près.

Il lui restait quelques heures pour préparer son « gadget » qui devait être fiable à 100 %.

*
* *

Malko observait Nicolas Silverman avec attention. Le calme de l'Américain semblait éminemment fragile. Sa voix était un peu trop haute et ses pupilles dilatées sous l'influence des neuroleptiques dont il s'était bourré pour conserver son équilibre. Plus les heures passaient, plus il sentait l'Américain tendu et nerveux. Il était un peu plus de six heures. Le Texan, qui n'avait pas bu de la journée se versa son premier *J & B*. Le départ était fixé pour le lendemain matin. Décollage sept heures. Direction Moscou. Dans un Learjet Spécial. Tout était prêt. Les deux gorilles et Malko seraient du voyage. Ils ne resteraient pas à Moscou, repartiraient immédiatement, une fois Nicolas Silverman en sécurité.

Zina Sabet fit son entrée, croulant sous les paquets, suivie de Krisantem portant également une montagne de sacs des plus grandes maisons. Le matin, le Texan lui avait donné deux mille livres pour équiper sa garde-robe pour l'hiver. Elle posa ses paquets et se précipita vers le Texan.

— Tu vas voir tout ce que j'ai acheté, s'écria-t-elle. C'est superbe.

Nicolas Silverman esquissa un sourire, l'œil torve et se dégagea... Une des raisons qui poussaient Malko à l'accompagner à Moscou était la crainte qu'au dernier moment, le Texan ne prenne pas l'avion. Sans le Valium, il serait sûrement en train de courir après Pamela Rice.

Brusquement il s'éclipsa. Malko attendit quelques minutes puis sortit à son tour. Il avait décidé de ne prendre aucun risque, dans aucun domaine.

Le Texan était étendu sur son grand lit en

surélévation, un téléphone à la main. Les traits défaits, les yeux fixes. Immédiatement, il sut à qui il parlait. Au diable la discrétion! Il entra et se planta près du lit. Presque aussitôt, Nicolas Silverman raccrocha, semblant émerger d'un mauvais rêve.

— Je voulais lui dire que je partais pour Moscou, dit-il d'un ton d'excuse. Elle m'a dit qu'elle était ravie.

— Cessez de penser à Pamela Rice, dit Malko, elle va vous détruire. Vous partez pour Moscou avec une fille gentille, sans problème, vous allez signer un contrat qui vous rapporte des millions de dollars.

Le Texan secoua la tête.

— Elle m'a déjà détruit... Mais, vous avez raison, il faut que je tienne le coup. Le président m'a appelé de Houston, cette nuit, pour me remercier de partir là-bas.

Il ôta ses lunettes et les essuya. Plus « gros nounours » que jamais. Malko l'observait. Son équilibre ne tenait qu'à un fil. Nicolas Silverman était un homme brisé. Il fallait veiller sur lui chaque seconde jusqu'à son départ. Encore une douzaine d'heures. Il sortit de la chambre et regagna le living transformé par Zina en magasin d'exposition. Une question tournait en rond dans sa tête :

Leonid Volodia savait-il ou non que le Texan partait le lendemain. Si le Russe le savait, ils pouvaient s'attendre à tout... Krisantem passa dans le couloir, la taille un peu voûtée par le parabellum glissé dans sa ceinture.

Pat Davis avait prévu de venir dîner. Zina aiderait Krisantem à faire la cuisine. Le chef de station de la CIA avait promis d'apporter du caviar, ce qui simplifiait les choses.

*
* *

Leonid Volodia appuya encore un peu sur le pène qui lâcha avec un petit claquement sec. Aussitôt, il se rejeta le long du mur, au cas où quelqu'un se serait trouvé dans l'appartement. Il attendit près d'une minute et poussa doucement la porte du pied.

Rien ne se passa.

Il entra et referma derrière lui, laissa les tremblements de ses mains se calmer et se mit au travail. S'il était surpris, tout son plan tombait à l'eau. Et, pour l'instant, il n'en avait pas de rechange.

Après un quart d'heure, il trouva enfin. Il avait un assez long travail à faire. Il ouvrit sa mallette et se mit au travail.

CHAPITRE XVI

Elko Krisantem franchit à plus de cent à l'heure le croisement de Holland Road, protégé par une Rover bleue de la police arrêtée au milieu du carrefour pour bloquer la circulation. Il ne restait plus que deux miles avant de rejoindre la M.4, l'autoroute qui conduisait à l'aéroport de Heathrow.

A l'arrière de la Daimler, Nicolas Silverman était encadré de Malko et de Zina Sabet. Chris Jones leur faisait face, assis sur un des strapontins, surveillant l'arrière. A l'avant, Milton Brabeck maintenait la liaison radio avec les voitures de Scotland Yard, grâce à un talkie-walkie.

Deux Rover bleues bourrées de policiers de la « Special Branch » encadraient la Daimler, se relayant pour bloquer les carrefours. La Mini blindée de Pat Davis collait à la Daimler, suivie d'une Zil de l'ambassade soviétique occupée par Vladimir Souslov.

Grâce aux deux Rover, le convoi filait à près de 120 dans Londres encore désert. A la vitesse où il allait, il aurait fallu une chance inouïe à un tireur d'élite embusqué sur le parcours pour toucher Nicolas Silverman.

Celui-ci, qui semblait avoir mal dormi, se tourna vers Malko et lui dit en russe :

— Alors, vous êtes content! Je pars à Moscou, je vais signer, tout le monde va gagner beaucoup d'argent, et je me suis débarrassé de Pamela Rice.

Son ton était amer, ne dissimulant absolument pas son désarroi. Malko eut pitié de lui.

— Nicolas, dit-il, je comprends ce que vous éprouvez, mais ce n'est pas la CIA qui vous fait rompre avec Pamela Rice. Elle vous quitte de son plein gré. Ce sont des choses qui arrivent.

Nicolas Silverman eut un sourire vaguement sarcastique.

— Je lui ramènerai un manteau de zibeline... Comme cadeau de rupture.

— Avec celui de Zina, cela fera deux, plaisanta Malko.

Le Texan s'arracha un sourire.

— Si nous signons, on pourra mettre de la zibeline sur tous les murs de ma maison. C'est quelque chose comme les grands travaux d'Egypte.

— Vous resterez dans l'Histoire! dit Malko.

Sous son apparente décontraction, Malko était tendu. Essayant de deviner ce que Leonid Volodia avait pu prévoir, s'il était au courant du départ de Nicolas Silverman.

Le convoi, après avoir traversé Hammersmith en trombe, s'engagea sur la rampe menant à la M.4 et accéléra encore.

— Dans un quart d'heure, nous serons à Heathrow, annonça Malko.

Zina Sabet croisa les jambes en entendant la bonne nouvelle. En dépit de l'heure matinale, elle était maquillée comme la reine de Saba et sa tenue était faite pour attirer le regard d'un aveugle. Un chemisier transparent, jupe droite fendue devant et derrière, découvrant aussi haut qu'il était possible de le faire les bas noirs à couture. Ce qui semblait pourtant laisser le Texan de marbre.

La M.4 était déserte; filant au milieu de la campagne anglaise encore noyée de brouillard.

Malko pria le Seigneur pour que Leonid Volodia soit en train de dormir du sommeil du juste.

*
* *

Les deux réacteurs du Learjet tournaient déjà remplissant l'air de leur grondement. L'appareil était garé à l'écart de l'aérogare principale, le long de la clôture limitant l'aéroport, en face de la gare du fret. Les deux Rovers de la CID étaient arrêtées à distance respectueuse, et les policiers anglais « Special Branch » avaient pris position tout autour de l'avion russe.

Vladimir Souslov sortit à son tour de la Zil et vint vers Malko.

— Bravo! dit-il en russe, tout va bien?

Il scrutait Malko de ses yeux noirs perçants. Pat Davis était en train de bavarder avec Nicolas Silverman. Le hurlement des réacteurs assurait une discrétion absolue aux conversations.

— Je crois que vous avez attaché un peu trop d'importance à ce Volodia, dit Malko.

— Non. Mais vous avez été plus fort que lui et vous avez eu de la chance. Beaucoup de chance.

Malko regarda le petit jet soviétique.

— L'appareil n'a pu être saboté?

Vladimir secoua la tête gaiement.

— Impossible, il est arrivé hier soir de Moscou. Il y a eu sans arrêt quatre personnes de chez nous dedans et autour. Personne ne s'en est approché. Nous avons même fait analyser le kérosène qu'on nous a versé. L'équipage est de chez nous. Vous pouvez partir tranquille! A la seconde où les roues de cette petite merveille quitteront le sol, ouvrez une bouteille de vodka et commencez à boire. Vous êtes sous ma protection et vous n'avez plus rien à craindre!

Malko lui rendit son sourire malgré sa tension. Un contractuel de la CIA protégé par le KGB, c'était assez unique. Il tendit la main au Soviétique :

— Eh bien, à bientôt.

— A bientôt, dit Souslov. Et merci.

Au lieu de serrer la main de Malko, il l'étreignit vigoureusement et l'embrassa trois fois, la dernière sur la bouche sous les yeux horrifiés de Chris Jones et de Milton Brabeck.

*
* *

Malko attacha sa ceinture et regarda à travers le hublot. Le Learjet commençait à rouler. Vladimir Souslov était remonté dans la Zil et il ne restait plus que Pat Davis sur le tarmac agitant joyeusement le bras. Puis l'aile du Learjet cacha l'Américain. L'appareil prit de la vitesse, gagnant la piste d'envol.

On trouvait à l'intérieur de l'avion six sièges confortables, trois par trois, de part et d'autre d'un étroit couloir. Nicolas Silverman et Zina Sabet avaient pris le premier rang, Malko et Chris le second et Milton Brabeck partageait le troisième avec un civil soviétique, l'officier du KGB responsable du vol... Un vol vraiment très spécial. Malko ferma les yeux et se détendit, secoué par les aspérités du ciment. Le Learjet tourna et s'élança sur la piste dans le rugissement des réacteurs. Il consulta sa Seiko. Avec le décalage horaire ils atterriraient à l'aéroport de Vnoukovo à Moscou à temps pour déjeuner.

De là, les gorilles reprendraient un vol de la Panam sur New York. Malko tira son passeport et regarda son visa soviétique. Il l'encadrerait.

Le claquement des roues rentrant dans leur logement le fit sursauter. Enfin, Nicolas Silverman était hors d'atteinte de Leonid Volodia.

Pourtant, il n'arrivait pas encore à savourer sa victoire, le calme des deux jours précédents contrastait trop avec l'acharnement passé de Volodia à se débarrasser du Texan. Pour se rassurer, Malko passa mentalement en revue les dangers possibles.

Les bagages avaient été inspectés par les gorilles. Le Learjet montait régulièrement à travers les cumulus. Nicolas Silverman somnolait, les yeux fermés. Zina Sabet fouilla dans son sac et commença à se refaire une beauté. Malko la vit prendre de l'Hair Spray et faire le geste de se vaporiser les cheveux. Mais rien ne sortit. Avec un sourire, elle se tourna vers Malko.

— Vous ne pouvez pas me débloquer cela? Rien ne sort mais je suis sûre qu'il est plein.

Malko prit le container, appuya sur le déclencheur qui s'enfonça sous son doigt sans que rien ne sorte. Il allait dire « il est vide » lorsqu'il réalisa que le container long de vingt-cinq centimètres environ pesait plus d'une livre. Il l'examina. Il eut l'impression que son cœur s'arrêtait et que son estomac se remplissait de plomb.

— Qu'est-ce qu'il y a? demanda la Libanaise devant son expression.

— Rien, dit Malko.

Il se leva, sans lâcher le container et fonça vers le cockpit. Les deux pilotes russes se retournèrent en le voyant.

— Cessez de prendre de l'altitude immédiatement, dit Malko, en russe.

Le Learjet continuait à grimper à 1 500 pieds minute, secoué par les cumulus. Le pilote soviétique fixa Malko, médusé.

— Qu'est-ce qui se passe?

— Nous avons peut-être une bombe à décompression à bord, annonça Malko.

*
* *

— Nom de Dieu, le fond a été soudé!

Chris Jones montrait une fine ligne blanche qui entourait la base du container. Nicolas Silverman s'était réveillé. Le responsable du KGB était, lui aussi, penché sur l'engin suspect, très pâle.

— Vous savez ce que cela peut être, dit Malko. Une bombe couplée à une capsule anéroïde. Avec l'altitude, la capsule se gonfle et déclenche le détonateur...

Quelques années plus tôt, les Palestiniens avaient fait sauter un *Coronado* de la Swissair avec un engin similaire... Facile à bricoler avec un vieil altimètre, une batterie et un détonateur. On pouvait régler l'explosion pour n'importe quelle altitude, à partir du moment où on savait qu'une différence de pression de 1 millibar correspondait à un changement d'altitude de quatre-vingts mètres... Maintenant, le Learjet tournait en rond au-dessus de la Manche, à trois mille pieds, après avoir demandé l'autorisation au contrôle de Heathrow.

— Cela peut aussi être une bombe à retardement, souligna Chris Jones, les traits tendus.

— Qu'est-ce qu'on fait? demanda le Soviétique. J'ai demandé à Heathrow un « emergency landing ». Nous pouvons être posés dans vingt minutes.

— D'ici là, cela peut sauter, remarqua Malko. Et qui nous dit que le système n'est pas encore plus sophistiqué? agencé de façon à exploser lors de la descente...

Avec les capacités de Théodore Ward, rien n'était impossible... Il regardait le cylindre de métal si innocent en apparence, tordu de rage. Ainsi, Leonid Volodia n'avait pas renoncé... S'ils s'en sortaient, il y aurait des comptes à régler. Le faux « spray » ne s'était pas retrouvé tout seul dans le sac de Zina Sabet.

— Demandez à Heathrow de vous mettre sur un circuit d'attente, le plus près possible de l'approche finale, dit Malko au pilote soviétique. Nous allons essayer de désamorcer cet engin avant de nous poser. Appelez la tour, qu'on trouve un spécialiste et qu'ils se mettent en communication avec nous...

Zina Sabet était blanche comme une morte :

— Je ne comprends pas, dit-elle, je m'en suis servi encore hier matin.

— Ce n'est pas votre faute, dit Malko. Quelqu'un a su que vous partiez pour Moscou avec Mr Silverman, s'est introduit chez vous pendant que vous étiez sortie et a procédé au trucage.

Chris Jones avait posé le cylindre sur un coussin installé sur le siège, et ouvert son attaché-case qui contenait toujours quelques instruments en vue des situations délicates. Il en sortit une minuscule scie à métaux.

— Je crois qu'on peut ouvrir à l'endroit de la soudure, dit-il.

Zina Sabet mit la main devant sa bouche, horrifiée.

— Mais si ça explose?

Malko hocha la tête avec fatalisme :

— Nous allons faire l'impossible pour que cela n'explose pas...

Nicolas Silverman, retourné sur son siège, observait la scène sans mot dire. Les deux pilotes avaient laissé la porte du cockpit ouverte. Le Learjet continuait à voler à l'horizontale, secoué par les rafales. Chris Jones s'agenouilla pour assurer son équilibre, prit le cylindre de la main gauche, la scie de la droite et entama le métal d'un geste précis. Malko sentait son cœur battre contre ses côtes.

***

Le va-et-vient de la main de Chris Jones était parfaitement régulier. A cause du bruit des réacteurs, le crissement de la scie était presque imperceptible, pourtant le bruit minuscule retentissait dans le crâne de Malko avec une intensité douloureuse. A chaque seconde, le container pouvait exploser, provoquant leur mort immédiate. La lame de scie avait tranché environ les deux tiers du cylindre.

Le copilote fit signe à Malko de venir et lui tendit un casque radio.

— Nous avons le contact avec le spécialiste, annonça le Soviétique.

Aussitôt, une voix inconnue demanda, distincte malgré le bruit de fond :

— Sir, décrivez-moi l'objet.

Malko obéit. Le spécialiste anglais hésita quelques secondes avant de dire :

— S'il s'agit d'un engin se déclenchant par décompression, il se compose d'un baromètre relié à une pile électrique et à un détonateur. Plus l'explosif. Mais je suis étonné de la petite taille. A moins qu'il s'agisse d'un explosif à très haut pouvoir brisant.

— Comment faut-il procéder? demanda Malko.

— Continuez à scier la base, ordonna le spécialiste.Ensuite, dites-moi ce que vous voyez.

— OK, dit Malko, restez en ligne.

Il retourna dans la cabine. Sur un dernier coup de scie, le fond du cylindre venait de se détacher. A l'intérieur, Malko aperçut une sorte de poche en cuivre. Ce devait être la capsule anéroïde. Il repartit vers le cockpit, reprit les écouteurs, décrivit ce qu'il voyait.

— Bon, fit le spécialiste. Le mieux serait de faire glisser doucement le contenu tout entier qui a dû être simplement emboîté dans le container. Faites surtout attention de ne débrancher aucun fil... Tapez doucement sur le haut du container.

Nouveau déplacement. Malko prit le cylindre des mains de Chris, s'installa dans son siège, mit un oreiller sur ses genoux, serra le cylindre dans la main gauche, et de la paume droite donna un petit coup sur le haut.

La capsule anéroïde ne bougea pas d'un millimètre. Ou le conseil du spécialiste ne valait rien, ou Malko n'avait pas tapé assez fort... Retenant sa respiration, il frappa un second coup. Avec l'impression d'enfoncer un clou dans son cercueil... Cette fois, il eut l'impression que la capsule avait glissé d'un millimètre. Encouragé, il se mit à taper à petits coups secs.

— Eh, attention! fit Chris Jones.

Lui aussi, avait la sueur au front. Zina avait croisé les doigts et fixait le cylindre d'un air égaré. Les deux pilotes soviétiques n'arrêtaient pas de se retourner. Malko essaya de se vider le cerveau.

Tout à coup, il y eut un rugissement à côté de lui.

— Stop!

Chris Jones avait hurlé. Nicolas Silverman eut un geste de recul involontaire.

La capsule de cuivre venait de sortir complètement du container et de tomber sur l'oreiller. Trois fils noirs y étaient accrochés, plongeant dans le ventre du container. C'était bien un vieil altimètre. Un des fils était fixé à un plot soudé au cadran, à la hauteur du chiffre 100. C'est-à-dire dix mille pieds. L'altitude à laquelle la machine infernale aurait dû se déclencher. Un autre plongeait par un trou minuscule dans le ventre de la capsule.

Malko tira tout doucement, la bouche sèche. Il n'entendait plus rien. Il ne vivait que par ses mains.

— Ça vient, souffla-t-il.

Les fils sortaient, tirant quelque chose derrière eux. Il continua sans s'arrêter... Le cylindre d'une pile électrique apparut, relié à la capsule et à quelque chose qui ressemblait à un petit crayon usé. Les fils continuaient. Malko donna une dernière secousse, faisant apparaître deux ampoules de verre d'une dizaine de centimètres cubes retenues avec du scotch noir. L'une contenait un liquide jaune, l'autre une poudre granulée grise.

Malko regarda au fond du container : il n'y avait plus rien. Il eut l'impression qu'on lui enlevait une plaque de ciment de la poitrine.

— Je crois qu'on y est, dit-il.

Il regardait les pièces infernales mollement posées sur l'oreiller blanc comme un fœtus obscène. Il n'y avait ni explosif... ni système à retardement. Avec d'infinies précautions, il passa l'oreiller à Chris Jones qui le mit sur ses genoux et fonça au cockpit.

Le spécialiste anglais écouta attentivement sa description détaillée et annonça :

— L'idéal pour désamorcer cet engin serait d'injecter un liquide à prise rapide dans la capsule anéroïde. Mais vous n'avez pas ce qu'il faut.

— Nous pouvons couper les fils, proposa Malko.

La voix du spécialiste se tendit :

— Surtout pas, dit-il. Il y a peut-être un système secondaire de déclenchement basé sur un extra-courant de rupture. Il ne faut toucher à rien.

— Il n'y a aucun risque que cela explose à la descente? demanda Malko.

Le silence qui suivit lui parut interminable, meublé seulement par les crachotements de la radio.

— Je ne pense pas, finit par dire le spécialiste, mais bien entendu, je ne peux pas vous le garantir à 100%. Je vous conseille néanmoins de prendre le risque. Il est moins grand que de couper les fils...

Charmant. L'héroïsme à distance avec la vie des autres est toujours infiniment plus facile. Au pire, cela ferait un grand « boum » dans les oreilles du spécialiste en machines infernales.

— Qu'est-ce que c'est que cette poudre et ce liquide? demanda Malko.

Nouveau silence. Puis l'Anglais dit d'une voix hésitante :

— Je ne suis pas sûr, mais il pourrait s'agir de cyanure de potassium et d'une solution d'acide sulfurique. Dans ce cas, le détonateur aurait seulement pour but de mettre en présence ces deux produits, qui, en se combinant produisent de l'acide cyanhydrique, extrêmement toxique...

Malko eut l'impression que sa bouche se desséchait. Dans certains états des Etats-Unis, on procédait aux exécutions de cette façon. Il suffisait de respirer une bonne bouffée pour obtenir une mort immédiate. Dans leur cas, la cabine se serait rapidement remplie de gaz mortel, agissant en quelques secondes.

— Je vous remercie, dit Malko. Nous allons essayer de nous poser.

Il se tourna vers le pilote.

— Vladimir Souslov est au courant de ce qui se passe?

— Oui, dit le Soviétique. Il est à Heathrow.

— Très bien, dit Malko. Faites-le prévenir que nous commençons notre descente.

Il sortit du cockpit. Nicolas Silverman le regarda d'un air désabusé.

— Décidément, dit-il, il était dit que je n'irai pas à Moscou.

*
* *

Malko regardait la machine infernale posée sur ses genoux. Personne n'avait ouvert la bouche depuis que le Learjet avait commencé son approche finale sur Heathrow. Si cela avait fonctionné, l'attentat était vraiment le crime parfait... L'avion se serait écrasé pour une cause inconnue. Il y avait encore une petite chance pour que le détonateur se déclenche, mais chaque seconde passée était une victoire.

Il regarda monter le sol vers lui, aperçut la Zil noire des Soviétiques qui roulait à toute vitesse sur une bretelle de ciment. Aucune trace de la Mini de Pat Davis. Ce qui signifiait que les Anglais n'avaient pas prévenu la CIA de ce qui se passait. Cette initiative n'avait pu venir que de Sir Bradley. Elle confirmait les soupçons de Malko et de Vladimir Souslov. Une seule personne, en dehors des Soviétiques, savait que Zina Sabet partait à Moscou. Pat Davis, chef de station de la CIA.

Les roues du Learjet touchèrent le sol avec douceur. Un atterrissage de rêve. Malko eut envie de crier de joie. La machination avait raté. Maintenant, il restait à régler les comptes. Il entendait bien que ce soit la dernière tentative de Leonid Volodia.

Quoi qu'il dût en coûter.

CHAPITRE XVII

Sans un mot, Vladimir Souslov étreignit Malko. Le Soviétique semblait sincèrement ému. Trois agents du KGB venus avec lui entouraient déjà Nicolas Silverman descendu du Yak 40, l'air absent, Zina Sabet accrochée à son bras, défaite, les traits tirés. Seuls, Chris Jones et Milton Brabeck faisaient à peu près bonne figure. Dans son attaché-case, Chris Jones transportait la machine infernale.

Les réacteurs du Yak 40 s'arrêtèrent enfin. Aussitôt Vladimir Souslov plongea ses yeux dans ceux de Malko.

— Ils ont failli réussir cette fois, dit-il, sombrement.

— Qui, ils?

— Patrick Davis et ce cochon de Volodia.

Malko n'eut pas le courage de protester avec violence. Maintenant, il y avait trop d'éléments troublants contre le chef de la station de la CIA à Londres. D'abord, la photo, sa rage à liquider Théo Ward, le chèque, et maintenant le fait qu'il ait été le seul à savoir que Zina embarquait pour Moscou. Cela faisait beaucoup...

Malko soutint le regard du Russe :

— Vous prétendez toujours que Mr Davis est mêlé aux attentats?

Souslov eut un sourire plein de gravité :

— Il n'y est pas mêlé. Il les *dirige*. Il était l'officier traitant de Volodia. Comment croyez-vous que Volodia recherché par le M.I.6 et la Special Branch pourrait se cacher à Londres, s'il n'était pas aidé?

Malko sauta sur l'occasion.

— Vous savez où il se trouve?

— Oui, dit le Soviétique. Dans une *safe house* utilisée par la CIA à Londres. Mais il n'y a que Pat Davis qui en connaisse l'adresse.

Cette fois, c'était une accusation précise, vérifiable. Malko réfléchit pendant quelques secondes.

— Très bien, dit-il, je vais en avoir le cœur net. Pouvez-vous emmener Mr Silverman à l'ambassade soviétique? Au moins pour quelques heures. Ainsi que les deux personnes qui l'accompagnent?

— Bien sûr, dit Souslov, ils peuvent rester aussi longtemps qu'ils le veulent.

— Je vais parler à Silverman, dit Malko.

Il se dirigea vers le Texan. Celui-ci semblait de plus en plus ailleurs, pas du tout concerné par les événements. Le regard flou.

— Mr Silverman, dit Malko, je crois que pour votre sécurité, il serait bon que vous passiez vingt-quatre heures à l'ambassade soviétique. Je suis sur le point de trouver la personne qui a organisé ces attentats.

Le Texan haussa les épaules avec indifférence.

— Si vous voulez, mais débarrassez-moi de cette pute...

Il n'avait même pas baissé la voix. Heureusement, Zina était en train de bavarder avec les gorilles... Ce changement d'attitude ne disait rien de bon à Malko. Il chercha à croiser le regard des yeux bleus. En vain.

— Que vous a fait Zina? demanda-t-il. Elle n'est pour rien dans cet incident.

— Je me fous de cela, grommela le Texan. J'ai été idiot de vouloir partir avec elle. C'est Pamela que je veux emmener à Moscou...

Malko préféra ne pas répondre. Les bonnes résolutions du Texan avaient fondu comme neige au soleil.

— Vous avez le temps de la convaincre, dit-il. Je vous retrouverai dans la journée... Maintenant, nous partons.

A regret, Nicolas Silverman le suivit vers la grosse Zil.

*
* *

— Une *safe-house*? fit Pat Davis. Oui, bien sûr, mais...

— Je pense que c'est là que Mr Silverman serait le plus en sûreté, en attendant qu'il se décide à repartir pour Moscou... Vous devez en avoir une. Toutes les stations en ont.

Il y eut un silence au bout du fil. Malko attendait, seul, dans l'immense bureau mis à sa disposition par Vladimir Souslov, au premier étage de l'ambassade soviétique. Malko venait de raconter l'incident du Learjet. Sans, bien entendu, faire état de ses soupçons, précisant même que Nicolas Silverman avait demandé lui-même à être hébergé à l'ambassade soviétique, ne se sentant plus en sécurité chez lui.

— Très bien, dit enfin le chef de station de la CIA d'une voix pas tout à fait naturelle. Mais je dois demander d'abord à Washington une *clearance*.[1] Venez à trois heures, je ne pourrai joindre personne avant.

[1] Autorisation.

— Parfait, approuva Malko. Trois heures à votre bureau.

Il raccrocha. Tendu et amer. Quelque chose lui disait qu'il était sur le point de découvrir la vérité. Il sortit de la pièce. Aucun risque que Pat Davis ne communique avec Nicolas Silverman. Souslov avait donné l'ordre de ne lui passer aucun appel. Chris attendait dans une sorte de salon d'attente. Malko alla vers lui.

— Chris, dit-il, je voudrais que vous me retrouviez à trois heures et demie dans le hall de l'ambassade. Si je suis en retard, vous m'attendez. Et d'ici là, vous ne dites rien à personne.

— Qu'est-ce qui se passe? demanda le gorille.

— Il n'est pas impossible que j'aie trouvé la piste de Volodia, annonça Malko.

*
* *

Pat Davis souriait, mais son regard derrière ses lunettes fuyait celui de Malko.

— Vous avez réagi fantastiquement bien, ce matin, dit-il chaleureusement. Sans vous, c'était le désastre. Ce Volodia est vraiment diabolique...

— Diabolique est le mot, dit Malko. Avez-vous eu la réponse de Washington?

L'Américain prit un papier et le tendit à Malko.

— Oui, c'est OK. Voici l'adresse.

Malko prit le papier et lut. « 33-36 Chester Square. Basement. Appartement 3 ».

— Bien entendu, dit le chef de station de la CIA, vous ne pouvez communiquer cette adresse à personne. Prenez ma voiture qui se trouve au garage, allez chercher Mr Silverman et conduisez l'y vous-même.

— C'est ce que je vais faire, assura Malko.

— Alors tenez-moi au courant, demanda Pat Davis. Les clefs sont sur ma voiture. Je vais téléphoner au garde qu'on vous laisse sortir.

Il accompagna Malko jusqu'à l'ascenseur. Dès que les portes se furent refermées, ce dernier appuya sur le bouton du rez-de-chaussée. Perplexe. Est-ce que Souslov n'avait pas mené une superbe intox? Pat Davis n'avait mis aucune difficulté à lui livrer ce qui était supposé être la cache de Leonid Volodia.

Décidément, cette affaire recelait de plus en plus de mystères.

En apercevant Malko, Chris Jones fit disparaître dans la poche de son manteau l'édition anglaise de *Penthouse*... Il se dévergondait. Bientôt, il s'abonnerait à *Hustler*...

— Nous allons faire une promenade, dit Malko. Là où se trouve peut-être notre ami Volodia...

Chris Jones sourit.

— Ça ne serait pas trop tôt. C'est Mr Davis qui vous a affranchi?

— En un sens, oui, dit Malko.

Ils étaient arrivés au garage. La Mini blindée était tout près de l'ascenseur. Machinalement, Malko se dirigea vers la gauche, s'apercevant au dernier moment que le volant était à droite. Chris Jones ouvrit l'autre portière :

— Ça ne fait rien, dit-il, je vais conduire. Ça m'amuse de voir comment marche cette boîte de sardines. J'aurai l'impression d'être à la foire.

Malko n'insista pas et s'installa à côté de Chris. Il y avait longtemps que la conduite avait perdu tout intérêt pour lui. Celui-ci descendit le long de Grosvenor Place, tourna à droite dans Carlos Place, cherchant à regagner Piccadilly par le dédale des petites rues de Mayfair. Après avoir zigzagué quelques minutes, il aboutit dans Hill Street, qui filait vers Hyde Park.

— Prenez Hill Street, conseilla Malko, vous tournerez ensuite dans South Audley Street et on regagnera Hyde Park Corner.

Le gorille obéit, faisant vrombir le moteur poussé de la petite voiture.

A près de 60 à l'heure, il arriva sur l'intersection avec South Audley Street.

— Eh, attention! avertit Malko.

— Ça va, fit Chris, négociant son virage à gauche.

Il avait seulement oublié deux choses. D'abord, South Andley Street, contrairement à Hill Street n'était pas en sens unique. Ensuite, en Angleterre on roule à gauche... Emporté par sa vitesse, il prit son virage en plein sur la partie droite de South Andley Street. Le taxi, qui arrivait en face, tenant sa gauche, n'eut pas le temps de freiner.,

— *Shit!*

Le juron de Chris Jones se perdit dans le fracas des calandres s'écrasant l'une contre l'autre! Malko alla donner de la tête contre le pare-brise.

D'un coup d'épaule, l'Américain ouvrit la portière et sortit. Le chauffeur de taxi, descendu lui aussi, contemplait son avant d'un air catastrophé, en secouant la tête.

— Je suis désolé, dit Chris, penaud.

Le chauffeur marmonna quelque chose qui ne devait pas être gentil. Malko descendit à son tour, examina les dégâts. Ils ne pouvaient plus rouler, la roue avant gauche bloquée par l'aile écrasée.

— Il faut téléphoner à un garage, dit-il en se retournant vers Chris Jones.

Mais le gorille ne sembla pas l'entendre. La bouche ouverte comme s'il suffoquait, il titubait comme pris de boisson.

— Chris, cria Malko. Qu'est-ce qu'il y a?

Le gorille arracha sa cravate, s'appuyant à l'Austin pour ne pas tomber. Le chauffeur de taxi le contemplait avec stupéfaction. Le choc n'avait pas été vraiment violent.

Malko s'approcha de l'Américain, le prit par le bras.

— Ma tête, murmura Chris Jones d'une voix d'enfant. J'arrive plus à respirer.

Son front était couvert de sueur. Il était livide. Soudain il se laissa glisser le long de la voiture et tomba à terre. Aidé du chauffeur de taxi, Malko l'étendit à terre. La bouche ouverte, Chris Jones respirait lourdement et irrégulièrement. Des badauds commençaient à s'attrouper.

— Appelez une ambulance, demanda Malko au chauffeur de taxi.

Le chauffeur se précipita vers la vitrine bleue de *Purdey*, le plus grand marchand de fusils de chasse du monde.

Derrière le taxi, les voitures commençaient à s'accumuler. Malko posa la main sur la poitrine de Chris Jones et sentit les battements désordonnés de son cœur. L'Américain respirait avec de plus en plus de peine. Il se pencha sur son visage, et une odeur bizarre frappa ses narines. Il lui fallut quelques secondes pour réaliser que le souffle de Chris avait une odeur d'amandes amères.

Il se redressa, stupéfait.

Cette odeur signifiait une chose : un empoisonnement par le cyanure!

*
* *

Le médecin en blouse blanche s'agenouilla à côté de Chris Jones, toujours étendu sur le dos le visage bleui. L'ambulance venait d'arriver, venant de Saint Andrew Hospital. Un « bobby » réglait tant bien que mal la circulation dans South Audley Street, au milieu d'une trentaine de badauds.

— Qu'est-ce qu'il a? demanda-t-il.

— Un empoisonnement, dit Malko. Docteur, il y a-t-il un antidote au cyanure?

— Un empoisonnement! fit le médecin stupéfait. Mais...

— Je vous expliquerai plus tard. Y a-t-il un antidote?

Le praticien réfléchit quelques secondes :

— Oui, le nitrite de soude. Mais je n'en ai pas avec moi.

— Emmenez-le vite.

Déjà, les deux infirmiers étaient en train de charger Chris sur une civière. Celui-ci respirait toujours aussi difficilement. Malko se releva, le cerveau en feu. Comment Chris avait-il été empoisonné?

Et pourquoi?

Il était en train de regarder l'ambulance s'éloigner lorsqu'il comprit que c'était lui qui était visé, pas le gorille. Il revit le sourire de Pat Davis. Normalement, Malko n'aurait jamais dû parvenir à Chester Square... Une dépanneuse arrivait de Hill Street, appelée par la police. Machinalement, Malko prit la carte que lui tendait le mécanicien et s'éloigna à pied après lui avoir donné son numéro de chambre au *Hilton*. Avant tout, il fallait prévenir Vladimir Souslov.

Cet attentat signifiait que quelque chose se préparait contre Nicolas Silverman.

*
* *

Malko était en train de réfléchir lorsque le téléphone sonna. Une voix inconnue demanda :

— C'est vous le Monsieur qui a eu un accident dans South Audley Street?

— Oui, dit Malko, pourquoi?

— Ici, c'est le St James Garage, Sir, il y a quelque chose de bizarre...

Glacé d'horreur, Malko écouta la voix qui sortait du téléphone.

— J'arrive, dit-il.

Il raccrocha. Se félicitant de ne pas encore avoir prévenu Pat Davis de l'accident. Avant de partir, il reprit le téléphone et composa le numéro de Sir Bradley. Les événements se précipitaient.

*
* *

L'homme en combinaison bleue était étendu sur une toile à même le sol du garage et respirait rapidement en gémissant. Exactement les mêmes symptômes que Chris Jones. On avait ouvert la fermeture éclair de sa salopette jusqu'au ventre. Le regard de Malko se reporta sur la Mini, à l'avant écrasé.

— Qu'a-t-il fait exactement? demanda-t-il.

Le garagiste se gratta la tête.

— Rien de spécial. Il a redressé l'aile avant et l'a ramenée ici en la conduisant. Il était pas là depuis dix minutes qu'il a tourné de l'œil. Il a dit qu'il ne pouvait plus respirer, et qu'il avait mal au crâne.

C'était évident! Ivre de rage, Malko réalisa ce qui s'était passé.

— Pouvez-vous démonter le volant de cette voiture? demanda-t-il. En le touchant le moins possible. Il suffit de défaire les écrous du centre... Je dois l'emporter immédiatement.

Le garagiste lui jeta un regard en coin.

— Je ne sais pas si je peux faire cela, Sir. Tout cela est bizarre, n'est-ce pas... Il faudrait peut-être prévenir la police.

Il n'avait pas fini de parler qu'une Jaguar noire apparut dans la rampe d'accès, avec deux hommes à bord. L'un d'eux était le policier qui avait mené l'expédition du cimetière.

— Je crois que justement les deux messieurs qui arrivent en font partie, dit Malko. Je les ai prévenus moi-même.

***

Chris Jones respirait régulièrement, un masque à oxygène sur le visage, immense dans le lit étroit de l'Intensive Care Unit.

— Il est hors de danger, annonça l'interne. C'était bien un empoisonnement au cyanure.

Chris ouvrit les yeux et adressa un faible sourire à Malko.

— Je ne sais pas ce que j'ai eu... La tête m'a tourné, et j'étouffais.

— Je vous expliquerai ce qui s'est passé, dit Malko. Reposez-vous. Tout ira bien...

Dans le couloir, l'interne s'approcha d'un air gêné.

— Sir, dit-il, nous avons été obligés de prévenir Scotland Yard. Cet homme était porteur d'une arme et...

— Vous avez bien fait, dit Malko.

Chris Jones était sauvé et c'était le principal. Il sortit de l'hôpital et prit un taxi pour retourner au *Hilton*. Avant de se rendre à Chester Square, il avait besoin d'une confirmation décisive.

*
* *

L'huissier en civil, silencieux comme d'habitude, poussa la porte du bureau de Sir Bradley et s'effaça pour laisser entrer Malko. Celui-ci franchit le seuil avec un petit serrement de cœur. Le chef du M. I. 6 se leva pour venir l'accueillir avec son amabilité habituelle. Il offrit à Malko un fauteuil et prit place à côté de lui. Ce silence fut rompu par le Britannique.

— Mon cher, dit-il je crois que vous l'avez échappé belle...

— Qu'avez-vous trouvé? demanda Malko.

Le Britannique eut un sourire caustique :

— Le volant de cette « Mini » avait été enduit d'un mélange invisible à l'œil nu. La base étant un liquide qui a la propriété de pénétrer l'épiderme, et le principe actif de l'acide cyanhydrique. L'imprégnation se faisait par le contact des mains sur le volant. D'après le laboratoire, la solution avait été dosée de façon à provoquer la mort d'un sujet de cent soixante livres environ après huit minutes.

Malko écoutait, atterré.

— Mr Jones a été sauvé pour deux raisons, continua Sir Bradley. Il n'a posé ses mains sur le volant que pendant trois ou quatre minutes. Ensuite il pèse près de vingt livres de plus que vous.

C'était la tentative d'assassinat la plus vicieuse dont Malko ait jamais été victime.

— Je vous remercie, dit mécaniquement Malko.

— A propos, dit Sir Maurice en souriant, nous avons remis le volant en place, et le garagiste a reçu le conseil de ne rien dire à personne. Son employé s'en tirera avec quelques jours d'hôpital.

Le silence retomba. Malko se dit que Sir Bradley devait penser à la même chose que lui.

Seul Pat Davis savait que Malko allait utiliser la Mini. Il ignorait que Chris Jones avait rendez-vous avec Malko. Sir Bradley observait Malko, en tirant sur sa pipe. Impénétrable.

Malko avait compris que, quoi que pense Sir Bradley, le Britannique ne dirait rien qui puisse incriminer le chef de station de la CIA. Il fallait laisser les Américains laver leur linge sale en famille. Il se leva, signifiant la fin de l'entretien. Sur le pas de la porte, il dit d'une façon sibylline :

— J'espère que vous finirez par mener votre mission à bien.

Malko se retrouva dans le calme de Queen Ann Street et s'éloigna à pied vers St James Park. Tâtant machinalement le Hi-Standard au fond de sa poche. Il héla un taxi. Maintenant, il était à peu près sûr de savoir où trouver Leonid Volodia.

CHAPITRE XVIII

Malko examina la façade en brique rose du 33.36. C'était un immeuble nettement plus grand que les autres maisons bordant le calme Chester Square. Un endroit élégant, cossu, pas très éloigné de Belgravia Square. La CIA choisissait bien ses *safe houses*. En face du 33, il y avait une vieille église toute noire. Il pénétra dans le hall, regarda les noms inscrits près des boîtes aux lettres. En face de l'appartement N° 3; il n'y avait rien. Il aperçut un escalier descendant au soussol et s'y engagea.

Un long couloir desservait toutes les portes du « basement ». Malko arriva sans encombre devant la porte du 3 et s'immobilisa. L'immeuble était absolument silencieux.

C'était tentant de téléphoner à la Spécial Branch de venir cueillir Leonid Volodia. Et surtout moins risqué. Mais, si Sir Bradley en avait décidé ainsi, il l'aurait dit à Malko. Ce dernier avait l'impression que le Britannique désirait un pacte tacite. Le M. I. 6 ne voulait pas se mêler des affaires intérieures de la CIA. Trop délicat. Voilà pourquoi, dès le début, il avait traité Malko avec tant d'égard. Le chef du M. I. 6 devait en savoir beaucoup plus qu'il n'en avait dit à Malko.

« *Nachrichtendienst ist Herrendienst* ».

Les Britanniques étaient décidément des gens plein d'humour noir. Malko sortit son Hi-Standard, se vida le cerveau et frappa légèrement à la porte de l'appartement numéro 3.

Il attendit, avec l'impression que les battements de son cœur faisaient un bruit assourdissant. Derrière le battant, il y eut un bruit imperceptible, un frottement, comme si quelqu'un s'était approché de la porte pour écouter.

Le silence se prolongea.

Malko frappa de nouveau, se demandant s'il n'avait pas rêvé. Cette fois, il entendit un bruit différent, une porte qui s'ouvrait. Il y avait quelqu'un dans l'appartement qui était en train de fuir par une autre sortie, donnant directement sur la douve située entre le trottoir et l'immeuble.

Malko tourna la poignée : fermée à clef. D'un coup d'épaule, il se lança contre le battant. En vain. Il devait y avoir une fermeture de sécurité. Alors il repartit en courant, remontant à la surface. Dans le hall, il bouscula une dame âgée qui le prit pour un fou et émergea dans Chester Square.

Personne en vue.

Celui qu'il poursuivait n'avait eu qu'à traverser le square pour disparaître. Il s'approcha de la grille bordant la douve et aperçut un escalier de fer menant au sous-sol. A la hauteur du numéro 3, il y avait une porte ouverte.

Malko ne descendit même pas. Un taxi passait. Il le héla.

— Grosvenor Square. American Embassy, dit-il au chauffeur.

La seule personne qui pouvait maintenant lui

faire retrouver Leonid Volodia était le chef de station de la CIA. De gré ou de force.

*
* *

Janet, la secrétaire de Pat Davis, leva la tête en voyant Malko et lui adressa un sourire de bienvenue.

— *Good afternoon*, Mister Linge, est-ce que Mr Davis vous attendait?

— Il n'est pas là? demanda Malko.

— Si, si, affirma Janet, mais il y a quelqu'un dans son bureau. Voulez-vous vous asseoir quelques instants, je vais le prévenir.

Elle appuya sur le bouton de l'interphone.

— Mr Davis, Mr Linge est là.

Elle attendit quelques secondes, les sourcils froncés, répéta : « Mr Davis? »

Malko fonçait déjà vers la porte capitonnée.

— Mr Linge, attendez.

Le cri outragé de Janet ne l'arrêta pas. Il tira le battant, repoussa la porte intérieure, le Hi-Standard au poing et s'arrêta sur le seuil. Pat Davis ne pouvait pas répondre à l'interphone. Il gisait effondré dans son fauteuil, du sang plein le visage, le manche d'un poinçon sortant de son oreille droite comme une excroissance monstrueuse.

— *God!*

Le hurlement de Janet retentit derrière Malko. Il fit rapidement le tour du bureau, examinant le cadavre. Le sang coulait encore. La mort remontait à quelques minutes. Son visiteur était passé derrière lui et lui avait enfoncé le poinçon dans le cerveau, le foudroyant.

Malko se retourna vers Janet, pétrifiée d'horreur.

— Qui était avec lui?

Elle secoua la tête, balbutia :

— Je... Je ne sais pas son nom. C'est le monsieur qui ne prend jamais l'ascenseur.

La porte du bureau de Pat Davis donnant sur la sortie de secours était ouverte.

— Prévenez les gardes en bas, dit Malko et ceux du garage, qu'ils ne laissent sortir personne.

Il sortit du bureau en courant. A la seconde précise où il traversait le couloir, quelqu'un débarquait de l'ascenseur. Il s'y engouffra, appuya sur le bouton du rez-de-chaussée.

Il émergea de la cabine dans le hall principal, face au poste de garde des Marines. Un sergent s'avança vers lui, la main sur la crosse de son 45 de service.

— Sir?

— Vous avez vu quelqu'un descendre par l'escalier? demanda Malko.

L'autre secoua la tête.

— Non, personne, mais...

— OK, merci.

Il était déjà dans l'ascenseur. Il appuya sur le bouton du garage. Dix secondes plus tard, il atterrissait dans le sous-sol. A part les voitures, il ne vit personne. Il regarda en direction de la sortie, aperçut la silhouette d'un garde armé se profilant devant la sortie. Le message de Janet avait été relayé.

Donc, Leonid Volodia se trouvait à l'intérieur de l'immense garage occupant toute la surface de l'ambassade. Faisant demi-tour, il chercha à s'orienter, pour voir où aboutissait l'escalier de secours.

*
* *

Leonid Volodia attendait, tapi dans un renfoncement où l'on entassait les vieux bidons, les mains crispées sur sa *Vénus*, le cœur battant la chamade. Partagé entre le désespoir et la haine, il avait été trahi par ceux qu'il avait servi aveuglément, pour qui, il avait tout perdu. Maintenant, il savait qu'il ne pourrait plus atteindre Nicolas Silverman, qu'il serait pris dans Londres, tôt ou tard, privé de la protection de la CIA. Il était encore dans le couloir lorsque le hurlement de Janet avait éclaté.

Tout à coup, il sursauta. A une dizaine de mètres en face de lui, le bouton lumineux de l'ascenseur venait de s'allumer. Il se raidit, braquant son arme vers la porte de l'ascenseur. La cabine arriva. Il leva les six canons de *Vénus*.

La porte s'ouvrit sur une jeune femme qui tourna à gauche, se dirigeant vers sa voiture.

Leonid Volodia regarda la porte de l'ascenseur, fasciné. S'il parvenait à remonter dans les étages, il pourrait peut-être prendre un otage, parvenir à s'échapper par Upper Brook Street. Mais il fallait agir vite, avant que quelqu'un ne rappelle l'ascenseur.

D'une brusque détente, il se jeta en avant, traversant rapidement l'espace découvert. Il arriva à la porte, l'ouvrit et s'immobilisa, pris d'un brutal vertige. Il ne pouvait pas entrer dans cette cage minuscule, c'était impossible. Il avait trop peur. La main crispée sur la poignée, il restait là, le front couvert d'une brusque sueur froide, son cerveau lui répétant qu'il devait entrer dans l'ascenseur, et ses jambes refusant de bouger. La *Vénus* à bout de bras.

— Volodia!

Le cri le fit revenir à la réalité. Il lâcha la porte, se retourna d'un bloc, crispé sur son arme, cherchant son adversaire. Prêt à le déchiqueter. Aucun être vivant ne pouvait résister à *Vénus*.

*
* *

Malko aperçut la silhouette qui courait dans la pénombre, leva son Hi-Standard. L'homme s'était arrêté devant la cabine de l'ascenseur, sans y entrer, comme s'il hésitait.

La lumière intérieure de la cabine éclairait le crâne chauve et les gros sourcils noirs qu'il avait déjà aperçus chez *Annabel's*, le soir où Nicolas Silverman avait failli être assassiné. Leonid Volodia.

L'homme qui venait de tuer sauvagement Pat Davis, son commanditaire. Il distinguait une courte mitraillette dans sa main droite. *Vénus*, l'arme terrifiante mise au point par Théodore Ward.

Il s'avança sur la pointe des pieds, jusqu'à une dizaine de mètres. La silhouette du Russe se découpait sur la lumière comme une ombre chinoise. Il ne comprenait pas pourquoi il n'était pas déjà engouffré dans l'ascenseur. Il hésita, le doigt sur la détente. La phrase de Sir Bradley lui passa dans la tête.

« *Nachrichtendienst ist Herrendienst* ».

Il y avait une chance sur un million que Leonid Volodia se rende. Mais quand même, il appela.

— Volodia.

Le mouvement de son adversaire fut si rapide qu'il eut à peine le temps de se jeter derrière un pilier de ciment. Il y eut un hurlement métallique qui dura une fraction de seconde, comme une scie entamant de l'acier, le pare-brise de la voiture voisine se volatilisa, des morceaux de tôle volèrent autour de lui.

Instinctivement, il allongea le bras et appuya sur la détente du Hi-Standard. Quatre balles partirent coup sur coup, avec un bruit imperceptible en comparaison. Leonid Volodia sembla plaqué contre la porte de l'ascenseur. Il tituba, une gerbe de flammes jaillit des six canons de *Vénus*, mais cette fois les balles firent éclater le ciment du plafond. Leonid Volodia parut se tasser sur lui-même, *Vénus* tomba sur le ciment avec un bruit métallique, et le silence retomba dans le garage.

Malko s'avança, le Hi-Standard braqué sur la silhouette tassée devant lui. Il entendit quelqu'un qui courait, venant de la porte.

Leonid Volodia gisait assis devant l'ascenseur dans lequel il n'avait pas voulu monter, les yeux fixes, les traits lourds de son visage encore crispés. Ses gros sourcils noirs lui donnaient l'air de Méphistopheles. Une des balles tirées par Malko lui avait traversé le cou, deux autres l'avaient frappé en pleine poitrine, le foudroyant. Dans la mort, les épais sourcils semblaient encore plus impressionnants.

Pendant une fraction de seconde, Malko se demanda si ce n'était pas lui qui avait raison, s'il ne s'était pas fourvoyé. Mais personne ne pouvait encore répondre à cette question. Et on ne saurait vraisemblablement jamais, qui, à la CIA avait donné l'ordre de liquider Nicolas Silverman. Au nom de la Raison d'Etat. Etant donné le sens hiérarchique de Pat Davis, cela ne pouvait être que quelqu'un de très haut placé. On le saurait peut-être un jour, au gré d'une commission d'enquête. Ou bien le dossier dormirait dans le placard comme beaucoup d'autres.

Nicolas Silverman allait pouvoir partir à Moscou. Renforcer la détente ou préparer la guerre.

Leonid Volodia avait mené la sienne jusqu'au bout. Malko se pencha et baissa les paupières sur les grandes pupilles noires et fixes.

*
* *

— Mr Linge? On vous demande de l'ambassade soviétique. Mr Vladimir Souslov. Il dit que c'est urgent.

— Passez-le-moi, dit Malko. J'ai de bonnes nouvelles pour lui.

Il prit la communication dans le bureau de Janet où il s'était installé depuis une heure, en compagnie du numéro 2 de la CIA à Londres, de différents fonctionnaires de l'ambassade et de policiers de la Spécial Branch de Scotland Yard. Tout le monde était bien d'accord pour fournir à la presse une version expurgée du douloureux incident qui avait fait deux morts, coûtant la vie au chef de station de la CIA.

Avant d'appeler la police, les gardes avaient récupéré *Vénus* et l'avaient mise sous clef.

Malko prit le récepteur.

— Gospodine Souslov, dit-il en russe, j'ai une bonne nouvelle.

— Moi, j'en ai une mauvaise, dit le Soviétique.

Au ton de sa voix, Malko sentit que c'était sérieux.

— Volodia est mort, annonça-t-il. Que se passe-t-il?

— Nicolas est devenu fou, dit Vladimir Souslov. Il s'est enfermé dans une pièce et il refuse d'ouvrir. Il parle au téléphone depuis une heure avec Pamela Rice.

— Ce n'est pas la première fois, remarqua Malko. Maintenant que Volodia est mort, il peut rester quelques jours de plus à Londres.

— Ce n'est pas le problème, dit Souslov. Il a pris avec lui ce qu'il y avait dans la machine infernale de l'avion. Le cyanure de potassium et l'acide sulfurique.

*
**

La façade de pierre grise couverte de lierre de l'ambassade soviétique ressemblait plus que jamais à un vieux château-fort. Malko eut à peine le temps de s'approcher de la porte rouge surmontée d'une caméra de télévision, qu'elle s'ouvrit sur un fonctionnaire russe.

— Mr Linge? demanda-t-il. Le camarade Souslov vous attend.

La vitesse à laquelle il l'entraîna le long de l'énorme couloir en disait plus long que n'importe quel discours. Vladimir Souslov était effondré dans un fauteuil de cuir, les traits tirés, des poches sous les yeux. Il se leva vivement en voyant Malko.

— Venez, dit-il. Il a fini de téléphoner depuis quelques minutes.

— Que disait-il?

Le Russe secoua la tête.

— Des bêtises. Qu'il l'aimait, qu'il voulait l'épouser... Que sinon, il ne voulait pas vivre.

— Et elle?

— Elle l'a envoyé promener. Elle lui a dit

qu'elle ne voulait pas rester avec un seul homme, qu'elle l'avait toujours trompé, qu'elle le tromperait encore. Qu'elle n'était pas faite pour lui.

— Il a parlé du cyanure?

— Non.

— Elle sait où il se trouve?

— Oui, je crois.

— Trouvez-moi un téléphone.

Le Soviétique le poussa dans un bureau.

— Ici.

Malko composa le numéro de Pamela Rice. Cela ne répondait pas. Il laissa sonner une dizaine de fois et raccrocha.

— Venez, dit Souslov.

Au bout du couloir, Malko découvrit Milton Brabeck faisant les cent pas devant une porte fermée, les traits tendus. Il se précipita vers Malko.

— Il faut qu'il ouvre, dit-il. Parlez-lui. Moi, il ne me répond pas.

Malko s'approcha du battant et frappa.

— Nicolas, cria-t-il, c'est moi, Malko. Ouvrez.

Pas de réponse. Il attendit d'interminables secondes. Puis il eut une idée.

— Vous pouvez l'appeler? demanda-t-il à Souslov?

— Bien sûr, fit le Soviétique. Par le standard. Venez.

Trente secondes plus tard, le Soviétique tendit un téléphone à Malko.

— Ça sonne.

Malko colla le récepteur à son oreille. A la seconde sonnerie, on décrocha, et la voix de Nicolas Silverman dit un « allô » anxieux.

— C'est moi, dit Malko.

— Que voulez-vous?

La voix de Nicolas Silverman avait perdu toute vie.

— Que vous ouvriez, dit Malko.

— Je n'ai pas envie d'ouvrir, dit le Texan. Je n'ai pas envie de vivre non plus. Je me suis trompé sur Pamela. Je pensais la faire basculer du bon côté. Je n'y suis pas arrivé.

— Pamela vous aime, dit Malko d'une voix pressante. Elle est en route pour vous le dire. Mais elle a peur d'elle-même.

Parler, mentir, mais surtout ne pas couper le contact. Il y eut un bref silence puis Nicolas Silverman dit de la même voix atone.

— Ce n'est pas vrai. Elle m'a dit que je pouvais faire ce que je voulais. Je suis désolé de vous avoir causé tous ces soucis.

Il y eut un claquement sec. Il avait raccroché.

Malko se rua hors du bureau.

— Enfoncez la porte, cria-t-il. Vite.

Déjà deux Russes se ruaient avec une hache contre le battant, aidés par Milton Brabeck. En quelques secondes, la porte vola en éclats. Milton acheva de l'ouvrir d'un coup de pied.

Malko le bouscula pour entrer le premier. Il aperçut Nicolas Silverman assis dans un fauteuil, face à lui, au fond de la pièce. A ses pieds se trouvait un cendrier, avec une poudre grise. Dans sa main droite, il tenait une des ampoules que Malko avait sorti de la machine infernale. En voyant Malko, le Texan grimaça une espèce de sourire et ouvrit la main droite.

L'ampoule tomba dans le cendrier, se brisant immédiatement.

Une légère fumée s'éleva aussitôt du cendrier. Nicolas Silverman se pencha en avant, comme pour se lever, mais resta le visage penché au-dessus du cendrier. Malko le vit distinctement aspirer la vapeur qui en montait, la bouche ouverte. Il s'arrêta lorsqu'une odeur d'amandes amères frappa ses narines.

Nicolas Silverman eut un violent sursaut comme s'il voulait s'arracher de son fauteuil, mais demeura dans la même position, aspirant les vapeurs mortelles d'acide cyanhydrique...

Malko stoppa Milton Brabeck qui voulait avancer.

— Reculez, dit-il.

Le gaz risquait de tuer tous ceux qui s'approcheraient du Texan. De toute façon, il n'y avait plus rien à faire pour ce dernier. Il haletait déjà, asphyxié. En quelques secondes, le cyanure agissait sur l'hémoglobine du sang. Tout à coup, il tomba en avant, le visage dans le cendrier, secoué d'un spasme violent. Malko recula, croisa le regard affolé de Vladimir Souslov. Il le repoussa vers le couloir.

— Nous ne pouvons plus rien faire, dit-il.

Le Russe se laissa retirer en arrière, hébété. Malko fut pris d'une quinte de toux, et éprouva brusquement une violente envie d'air frais. En face de la pièce où Nicolas Silverman venait de s'empoisonner, le bureau donnait sur une grande terrasse. Il s'y précipita et aspira l'air humide de Kensington Palace Gardens.

Amer, troublé, écœuré. A titre posthume, Leonid Volodia avait quand même gagné.

Le bruit d'une voiture qui freinait brusquement dans l'allée lui fit baisser les yeux.

Pamela Rice jaillit de son énorme Rolls Royce bordeaux, exposant involontairement, grâce à la fente de sa jupe, ses longues jambes sensuelles et se mit à courir comme une folle vers la porte de l'ambassade. Elle leva soudain les yeux, aperçut Malko immobile sur la terrasse, croisa son regard et s'arrêta net.

— Non!

Son cri sauvage, strident, désespéré, vrilla les oreilles de Malko.

LES ANTI-GANGS

Les Anti-gangs, une équipe d'hommes durs et implacables qui tuent et se font tuer dans un combat sans merci.

DÉJÀ PARUS :

AUGUSTE LE BRETON :

N° 1 : L'AS DES ANTI-GANGS
N° 2 : L'AS ET BELLES CHAUSSURES
N° 3 : L'AS ET LE CASSE DU SIÈCLE
N° 4 : L'AS ET LA MARQUISE
N° 5 : L'AS ET L'ENNEMI PUBLIC
N° 6 : L'AS ET LES TERRORISTES
N° 7 : L'AS AU SÉNÉGAL
N° 8 : L'AS ET LES MALFRATS

GEORGES PIERQUIN :

N° 9 : LE PLUS SALAUD DES TROIS
N° 10 : LA POLKA DES RINGARDS
N° 11 : LE POULET A L'ARMORICAINE
N° 12 : BASTOS A LA VOLÉE
N° 13 : TROIS MÉDUSÉS DANS UN RAFIOT
N° 14 : DES POULETS ET DES HOMMES
N° 15 : CES DAMES AU SALOON
N° 16 : TACATA ET FUGUE EN RÉ
N° 17 : DE L'EAU DANS LE GAZOLE
N° 18 : BARBE-BLEUE, SATAN AND C°
N° 19 : LA POULE AUX YEUX D'OR
N° 20 : RAS-LE-SAC
N° 21 : ÇA BARDE A CAMBRONNE
N° 22 : MISE EN BIÈRE-PRESSION
N° 23 : CAR L'OS C'EST CARLOS
N° 24 : LE PRIX DU SANG
N° 25 : LA PEAU DE LA PANTHÈRE
N° 26 : MAIN BASSE SUR L'AUTOROUTE
N° 27 : MISSION EN TROIS POINTS
N° 28 : QUAND LES SOURIS DANSENT
N° 29 : CINQ MILLIARDS AU BOUT DU COLT
N° 30 : FESTIVAL D'AZUR ET DE SANG
N° 31 : LE GANG DES POSTICHES
N° 32 : LE PENDU HORIZONTAL

BLADE

Suivez le récit des aventures de Blade, cet homme hors pair quand il prend son départ fulgurant pour des dimensions inconnues.

Chez votre libraire :

N° 1 : LA HACHE DE BRONZE
N° 2 : LE GUERRIER DE JADE
N° 3 : LES AMAZONES DE THARN
N° 4 : LES ESCLAVES DE SARMA
N° 5 : LE LIBÉRATEUR DE JEDD
N° 6 : LE MAUSOLÉE MALÉFIQUE
N° 7 : LA PERLE DE PATMOS
N° 8 : LES SAVANTS DE SELENA
N° 9 : LA PRÊTRESSE DES SERPENTS
N° 10 : LE MAÎTRE DES GLACES
N° 11 : LA PRINCESSE DE ZUNGA
N° 12 : LE DESTRIER DORÉ
N° 13 : LES TEMPLES D'AYOCAN
N° 14 : LES RÊVEURS DE XURA
N° 15 : LA TOUR DES DEUX SAGESSES
N° 16 : LES MERS DE CRISTAL
N° 17 : LES CHASSERESSES DE BREGA
N° 18 : L'ÉCHIQUIER VIVANT DU HONGSHU
N° 19 : LES RAVAGEURS DE THARN
N° 20 : LES BARBARES DE SCADOR
N° 21 : LES CONSACRÉS DE KANO
N° 22 : L'EAU DORMEUSE DE DRAAD
N° 23 : LES CINQ ROYAUMES DE SARAM
N° 24 : LES DRAGONS D'ANGLOR
N° 25 : LA TRIBU ROUGE DES KARGOIS
N° 26 : LES ANDROÏDES DE MAK'LOH
N° 27 : LA COURTISANE DE DAHAURA
N° 28 : LE MAGICIEN DE RENTORO
N° 29 : LE TYRAN DE TARGA
N° 30 : LE MALÉFICE DU NGAA
N° 31 : LES GLADIATEURS DE HAPANU
N° 32 : LES RÉVOLTÉS DE MYTHOR
N° 33 : LA FORÊT CARNIVORE DE JAGHD
N° 34 : LES DESCENDANTS DES MAÎTRES DU CIEL
N° 35 : LES SEPT DUCHÉS DU FLEUVE CRAMOISI
N° 36 : LA VENGEANCE DU MAÎTRE DU CIEL
N° 37 : LA CAVERNE DE L'IDOLE
N° 38 : LES AÉRIENS DE K'TAR
N° 39 : LES DIEUX DE LA MORT LENTE
N° 40 : LES MANGEURS D'HOMMES D'ILETROIS
N° 41 : LES CHEVALIERS-DRAGONS DE KHARM
N° 42 : LES ADORATEURS DE DSCHUBBA
N° 43 : L'EMPEREUR DE WORAD
N° 44 : LES HORDES DU GRAND OCÉAN

Achevé d'imprimer en octobre 1984
sur les presses de l'Imprimerie Bussière
à Saint-Amand (Cher)

— N° d'édit. 10321. — N° d'imp. 2487. —
Dépôt légal : 2e trimestre 1977.

Imprimé en France